东京喫茶店

琥珀色的77滴

〔日〕川口叶子 著
李洁 译

南海出版公司

新经典文化股份有限公司
www.readinglife.com
出　品

目录

第 2 章 从一杯咖啡中袅袅升起的香气

第 3 章 风格各异的咖啡空间

第 4 章　充满魅力的喫茶店名品

第 5 章　神田 · 神保町　古书街上的喫茶店

第 6 章 爵士喫茶店·名曲喫茶店

||||| 喫茶店入门（一）浅度烘焙篇

推开喫茶店的大门之前

K……本书著者，川口叶子，热爱咖啡文化，尤其喜欢喫茶店[1]。
S……本书编辑，男性，20 多岁。平时爱去咖啡馆。

> 一家好的喫茶店所需要的
> (1) 放松的空间
> (2) 好喝的咖啡
> (3) 保持舒适距离的店主
> (4) 洒脱的客人

S：川口老师，首先请您解释一下右边的这四个要素吧。

K：好的，只读这四个要素的首个假名，你有没有发现什么？

S：嗯？

K：“こおひい”——咖啡[2]。

S：啊，真的（笑）。那请您从“咖啡”这个词的第一个音“こ”开始讲吧。

K：“こ”指的是放松的空间。

S：也就是说，装修风格和音乐是决定一家喫茶店好坏的重要因素，对吗？

K：是的，因为这些能充分体现一家店的个性。

S：比如店内素色的沙发和静静流淌的巴洛克音乐。

K：嗯，这就是典型的能让人放松的咖啡空间。

S：我在电视上也看到过那种无法让人放松的店。我去过一家喫茶店，装修虽然

---

①“喫茶店”（吃茶店）一般指创办于大正、昭和时期，具有日本时代风格的咖啡轻食店。与西式咖啡馆（cafe）语义有差别，本书的“喫茶店入门（三）”专门探讨了二者的不同。
②咖啡可用日语平假名可写作“こおひい”，正是这四个要素中每一项的首个假名。

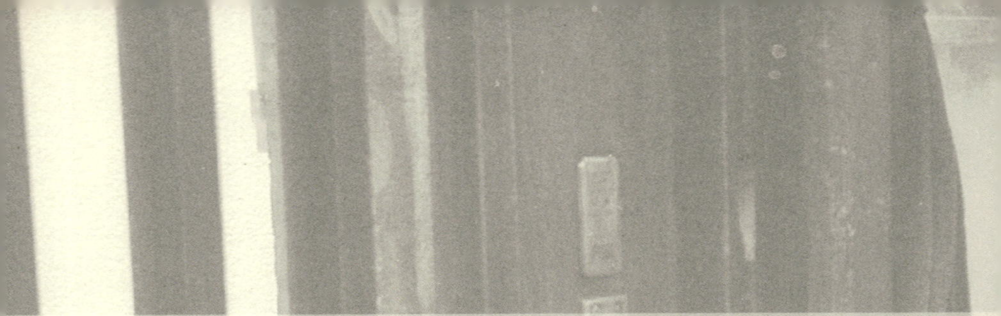

豪华，但风格让人不敢恭维，就像是把日光的东照宫神社和法国凡尔赛宫强行糅合在了一起。

K：这种我们将之归为“坏品味”“恶趣味”。

S：您能接受吗？

K：我认为它们也有存在的价值。如果到处都是高雅的喫茶店，你觉得有意思吗？

S：呃，是有些单调。

K：对整个喫茶店行业来说，比起品味，更重要的是多样性。店铺富于多样性，每一种类型都均衡发展，才能让这个行业富有生气。

S：那么，请您给喫茶店的装修风格大致分下类吧。

K：首先是庄重系、酒店大堂系、山中小屋系，然后还有民艺茶房系、松树新平系、美国西海岸系，再有就是居家系、坏品味系吧。

S：刚刚您提到的松树新平是什么人呢？

K：他是以出色的喫茶店设计风靡一时的建筑师，关于他可以参考本书第三章。在东京咖啡巡礼的过程中，记住松树先生的名字，会发现更多乐趣。

S：好，我会记住的。另外，那些布满灰尘的脏兮兮的喫茶店，也要划分到让人放松的“坏品味系”里吗？

K：这个另当别论。

S：啊？它们有什么不同呢？

K：区别就在于店家是否具有待客精神。不悉心打扫，表示店主有失待客之心，

这和品味是两回事。

S：原来如此，我明白了。那么接下来是“こおひい”中的“お”——好喝的咖啡。咖啡好喝这一点很重要吗？

K：如果喫茶店具备餐厅的基本功能，那当然更令人开心。不过，喫茶店是我们日常休闲的地方，即使店里的咖啡不是最好的也没关系，一般程度的“好喝”就可以了。

带上一颗咖啡心

S：我们来说说下一项吧，“ひ”——保持舒适距离的店主，这是什么意思呢？

K：通常来说，遇到将自己的想法强加给客人、个性太强的店主会让人头痛吧？不过，能把握好分寸的话，倒是没太大问题。

S：也就是说，恰到好处的强势是可以接受的，对吗？

K：是的，因为那样的店主也很有趣啊（笑）。这和下一项中的“い”，即洒脱的客人，紧密相关。如果客人有发掘趣味的闲情，就能从中发现很多无法用语言描述的乐趣，就称之为“咖啡心”吧。

S：咖啡心？

K：听起来很有情调吧。

S：具体说来，拥有咖啡心的客人是什么样的呢？

K：这个嘛，举一个反例更容易明白。比如，在每一杯咖啡都需要现磨豆、用法

兰绒[1]冲泡的店里，如果客人因此嫌咖啡上得太慢，坐立不宁，那就谈不上洒脱了。

S：嗯，这样的客人不够从容。

K：等候时还是随意看看杂志吧。

S：大叔们翻看体育类报刊也可以吗？

K：这个没关系。

S：啊？要是有大叔在我喜欢的喫茶店里看体育类报刊，我可能会兴致索然。

K：是吗？其实这样的大叔也是喫茶店的一道风景。没有了他们，一家店便少了些亮点。

S：也就是说，有了咖啡心，就能以欣赏的眼光看待这样的画面了，对吗？

K：对，他们同样支撑着喫茶店的存续，再看到那些大叔，应该在心里道声谢呢。

S：在心里对大叔合掌致谢？

K：对，就像参拜神社一样，在心里投几枚香火钱，两鞠躬、两拍手，再一鞠躬。

S：还要在心里求个签，买个“咖啡佑平安”的护身符。

K：我可没这么说（笑）。那么，就让我们从第一章开始，带上咖啡心出发吧，去看看那些拥有美妙“こおひい”的喫茶店。

---

①在手冲咖啡滤纸普及以前，多使用法兰绒冲泡咖啡。法兰绒可以使咖啡更加香醇顺滑。现在，很多咖啡专家都偏爱法兰绒滴漏法，在日本更是备受推崇。

第 1 章

读书与谈天的空间

01

蔦咖啡店

表参道

“茑咖啡店”是一家经典的正统派喫茶店，该具备的东西一应俱全。爬满常春藤的砖墙守护着绿意葱茏的内院。长长的吧台，天童木工①制作的淡墨色沙发，自家烘焙的巴西圣托斯 NO.2②咖啡豆，说话意味深长、会讲笑话的店主，再加上上午时段坐在吧台前看报纸的大叔们……是不是一切都很完美？

这家店原本是建筑家山田守的宅邸，1988 年店主小山泰司先生对一层进行了改造，随后开始营业。大家期望从喫茶店获得的东西各不相同，有的人想要时间和空间，有的人单纯地想喝咖啡，还有些人想和老板聊天……小山先生说，一切由客人自己决定。

“我回应每位客人的方式，就是每天端出一如既往好喝的咖啡。要维持店里多年如一的水准，首先要保持自己的身心活力。”

从早晨冲的第一杯咖啡，到临近闭店时冲的最后一杯咖啡，要想始终保持好味道，咖啡师需要努力调整好自己的精力和体力。

如果您点了冰咖啡，请留意一下小山先生是怎样用冰锥敲碎冰块的。他觉得冰块从制冰机中掉落的声音太过突兀，所以店里没有制冰机，至今仍是请老式的专业制冰店送冰块。

“有钱人买贵的东西不是奢侈，像我们这样的喫茶店用这种传统的冰块才是真正的奢侈（笑）。我会花时间慢慢敲碎冰块，借此向客人传达我们的心意，敬请慢用。”

menu

咖啡	600 日元
咖啡加乳酪	850 日元
红茶	600 日元
蛋糕	500 日元
咬先生三明治③套餐	1200 日元
咖喱饭套餐	1200 日元

茑咖啡店　つたコーヒーてん

东京都港区南青山 5-11-20
Tel 03-3498-6888
周二至周五 10：00～20：00
周六、周日及节假日 12：00～20：00，周一休息
地铁表参道站 B1 出口，步行 5 分钟
map…p184-33-f

① 天童木工 (Tendo Mokko)，日本著名家具品牌，以精致的木工技法闻名。

② 产于巴西首都圣保罗周围的山谷地区，是巴西咖啡豆中的上品，以出口港圣托斯（Santos）为名，其中最高等级是圣托斯 NO.2。

③ 源自法语 Croquet-monsieur，一种烘烤过的热三明治。

02

Flor de Café 树之花

东银座

歌舞伎座的背后是一条安静的咖啡街，各种类型的喫茶店聚集于此。我们的目的地就是位于街角二层楼上的“树之花”。

爬上楼梯，在雅致的店内一角坐定后，一定要先点一杯深度烘焙的“芳醇混合咖啡”。店里新鲜烘焙的咖啡豆是由一家小烘焙坊提供的，每周送 3 次。客人点单后，店员会现磨豆子，经过悉心萃取，端上一杯苦味清爽而柔和的咖啡。

著名装帧设计师菊地信义深爱这里的咖啡，每天早晨都会到店里喝上一杯。“树之花的咖啡如同一本好书。每一天，日品日新。”这是树之花开业 25 周年菊地先生题赠的贺词。

店主成泽弘子女士说：“看到热水倒入咖啡粉的瞬间，咖啡粉随之膨胀起来，我的内心有时也会深有同感。”和咖啡如此心有灵犀，所以她做的咖啡才格外美味吧。

成泽女士喜欢登山、热爱自然，“树之花”这个名字就取自一本植物图鉴的书名。联想到咖啡树也开着惹人怜爱的白花，她便选了这个名字作为店名。

1979 年，约翰・列侬和小野洋子看到店前的招牌，信步走入店中，那是树之花开业的第 4 天。

menu

各种混合咖啡	680 日元
各种单品咖啡	750 日元起
各种北欧红茶	780 日元
各种香草茶	750 日元
乳酪蛋糕套餐	1100 日元
豆类和蔬菜咖喱	900 日元

Flor de Café 树之花
フロールドカフェ きのはな
东京都中央区银座 4-13-1，饭沼大楼 2F
Tel 03-3543-5280
周一至周三 10：30～20：00
周四、周五 10：30～23：00
周六及节假日 12：00～23：00
周日休息
地铁东银座站 3 号出口，步行 3 分钟
map…p183-32-d

03

J-COOK

外苑前

"J-COOK"出现在人们面前时，已经是一家形态相当成熟的喫茶店。

20世纪90年代后半期，东京涌现出一大批新型咖啡店铺，在空间设计和餐饮方面都呈现出惊人的"进化"。从时间上看，诞生于1987年的J-COOK可以说是行业的先行者。另外，这家店也继承了很多昭和时代的饮食文化。

无论是一个人读书，还是多人聚餐，这里都是舒适的去处，非常自在。店内一侧的房间清朗明亮，从天井洒下的自然光柔和地落在卡西纳①椅子上；另一侧的房间则较为昏暗，黄色的灯光笼罩着古董家具，两者间的对比颇具美感。菜品种类多样，品质上乘，从悉心熬煮的法式清汤、各种小吃到丰盛的法式套餐，客人可以自由选择。20多年来，J-COOK不断研发新的菜品，口味也不断丰富，实在令人佩服。

主厨中尾年秀先生曾在东京、苏黎世、巴黎等地的著名餐厅研修过厨艺，还曾在德国大使馆担任厨师。听说他和夫人每天早晨都会来店里享用甜点、喝意式浓缩咖啡，这个习惯保持了20年。

menu

卡布其诺	550日元
杯装红酒	550日元
午餐	1000日元
各种汤	650日元
秋葵意大利面	900日元
奶油布丁	450日元

J-COOK ジェイクック

东京都涩谷区神宫前3-36-26

Tel 03-3402-0657

8：00～22：00，周日11：00～18：00

周一休息

地铁外苑前站3号出口，步行9分钟

map…p184-33-c

①卡西纳（Cassina），意大利顶级家具品牌。

04

STONE

有乐町

有乐町大楼散发着昭和时期现代建筑的味道。1966 年，这座大楼竣工之后，“STONE”便在一层开始营业，简约的空间让人恍惚以为它是一家现代感十足的咖啡馆，其实这是间别有风味的喫茶店。

奥村先生和家人一起经营着这家店，他的父母是开石材店的，STONE 受此影响，整体风格就像一间石材展厅。墙壁设计采用花岗岩作为装饰，原封不动地保留了石材在开采时留在表面的凹槽，这一切都十分吸引眼球。

店内的装修是由一家美国公司设计完成，造型别致、曲线简约的座椅则是引领日本现代设计的大师剑持勇[1]的作品。

menu

热咖啡 560 日元
热可可 720 日元
香蕉雪顶 870 日元
小瓶麒麟啤酒 670 日元
各种三明治 870 日元起
咖啡布丁 620 日元

STONE　ストーン
东京都千代田区有乐町 1-10-1，有乐町大楼 1F
Tel 03-3213-2651
平日 8：00～20：00，周六 11：30～18：00，周日及节假日 11：00～18：00
JR 有乐町站中央西口，步行 1 分钟
map…p183-32-a

在喫茶店风靡一时的 20 世纪 70 年代，有乐町名企林立，STONE 作为上班族们放松休息的地方，人流不断，听说有的客人一天会来 3 次。

大正时代出生的奥村智津子女士现在依然每天到店里来，她总是安静地坐在白百合花荫下的固定座位上。

“现在店员比较多，我不在他们可能会起争执，而我来了就没问题了。”

“其实我也并没有对他们说什么。”奥村女士温和地说道。她那挺直的后背，有品位的衣着，都让人感受到 STONE 这家喫茶店独特的气质。

---

①剑持勇（1912～1971），日本装潢设计业的奠基人之一，被誉为设计巨匠。他的作品巧妙地融合了西方的近代感和日本的传统美感。

05

IHATOV

下北泽

喫茶店 = 以咖啡为媒介，汇集音乐、书籍以及文艺资讯的场所。位于下北泽的“IHATOV[①]”在有名或无名的音乐家的作品中频频登场，不少人因此记住了店名。

自 1977 年开业以来，小小的店内风情如一。经常有音乐界人士光临，因为店里的背景音乐选曲实在出众。店主今泽裕先生作为编辑和乐评人，至今在业界依然很活跃。“关注新曲、新刊 33 年”，他的敏锐感觉让整个空间始终保持着新鲜感。

IHATOV 还和客人们联合创办了小型刊物《HE+ME=2》，不同于一般小众自制刊物的清新风格，这本小册子充满了内部杂志的趣味。社会学者小熊英二[②]和今泽先生的对谈被做成了一期精彩的特辑——《秘密喫茶店》，后来还收录在小熊先生的著作《对话的回路》中。

在这里，无所事事地发呆同样可以怡然自得。

“有的人是因为想一个人待着才来到这里。”今泽先生说。“迷失的人需要喫茶店。即便一天只有 30 分钟，也需要找个地方坐下来，好好整理一下自己。”

除了新年第一天，店里每日都开门纳客。“有部电影名为《全身小说家》，我则是‘全身喫茶店’。自己早已是店里的一部分了（笑）。”

menu

咖啡（3 种烘焙深度）	500 日元
调制奶茶	700 日元
自制姜汁汽水	700 日元
Vin Chaud（热红酒）	650 日元
年糕乌冬（附饮品）	850 日元
乳酪加面包（附饮品）	750 日元
热巧克力	650 日元

IHATOV　イーハトーボ
东京都世田谷区北泽 2-34-9，第一 TOKIWA 大楼 2F
Tel 03-3466-1815
12：00 ~ 25：00，无休息日
小田急线或京王线下北泽站北口，步行 4 分钟
map…p179-07-a

①作家宫泽贤治以故乡岩手县为灵感自造的词，象征着他心中的乌托邦、理想之乡。
②小熊英二，知名日本社会学者，作品《单一民族神话的起源》曾获三得利学艺赏，讲述第二次世界大战前后日本人生活的著作《活着回来的男人》曾获新潮社小林秀雄赏。

06

茶房 李白

经堂

“李白”就像是一间微缩的李朝[①]美术馆，自 1954 年在神保町创立以来，深受客人们的喜爱。2005 年，这家店迁到了店主宫原重之先生位于经堂地区的老家。店铺虽是新建成的，却十分古朴风雅。50 年间一直在神保町店迎接客人的桌椅，以及在京都高丽美术馆协助下配置的古董格子门，都体现着店家的风范。店内摆放的李朝器皿形态优美，静静地吸引着观者们的心。

听说，这家店在 1954 年开店时原本是一家名为“莫扎特”的名曲喫茶店，装修也非常西化，这让我着实惊讶。宫原先生说：“后来，我的注意力自然而然地转移到了李朝的器皿上。”

①朝鲜王朝（1392 ~ 1910），简称李朝，是朝鲜半岛历史上最后一个统一的封建王朝 。

随着他对李朝文化越来越着迷，店里的古董也慢慢多起来。

宫原先生说，李朝的工艺品并不以声势夺人，有一种让步的包容美。

“它们似乎总是在那里等待着自己的美丽绽放。即便是平时毫不起眼的器皿，只要改变一下布置方式，在打上灯光的一瞬间，也会呈现出妙不可言的表情。”

店名里的“白”在李朝是清廉洁白的精神象征。空气中的迦倻琴①声若有似无，静下心来还会听到庭院里绿叶相触的声音，一切都让人联想到“白”的世界。在这里一边品茶，一边安静享受再好不过。

※ 本店已闭店。因本书主旨为介绍日本喫茶店文化，根据作者要求予以保留。全书中已闭店的 8 家店铺均在正文后附加注释，请读者参考。

menu

抹茶（附日式点心）	1000 日元
煎茶（附点心）	800 日元
咖啡（附点心）	800 日元
红茶（附点心）	800 日元

茶房 李白
さぼう りはく
东京都世田谷区宫坂 3-44-5
Tel 03-3427-3665
11：00～19：00，无休息日
小田急线经堂站北口，步行 8 分钟
map…p179-09　全席禁烟

① 一种韩国传统乐器，类似古筝。

07

喫茶 穗高

御茶水

山间小屋风格的构造，青苔色的布艺沙发，这就是风格清新的“喫茶 穗高”。一个上午，我坐在窗边，只点了简单的咖啡和吐司，怡然自得。视线前方就是车站的站台，但庭院里清凉的绿意让人感觉不到丝毫喧噪。一位似乎是从事出版业工作的男性在写东西，一位衣着得体的白发女士沉浸在书本之中，客人们的呼吸仿佛和这家店融为了一体。

店主粟野芳夫先生戴着黑边眼镜、穿着木屐。我问他是哪年开业的，他爽朗地回答是昭和 30 年（即 1956 年）前后。

“这里最早是由我母亲和哥哥经营的。那时流行登山，我母亲也很喜欢这项运动。”

穗高因此与山结下了不解之缘。50 多年来，串田孙一[①]和新田次郎[②]这样与大山颇有渊源的作家，还有很多学校登山社团的学生和老师们，都深爱着这里。他们将自己的风格融入了这家店，烟灰缸上的图案就出自串田孙一的手笔。店铺于 6 年前重建时，得到了不少身为设计师和工匠的客人们的协助，充分利用了饱经风霜的木材，将旧时的店内风貌完美复原。

“读书时来过的客人，上了年纪后会像鲑鱼洄游一样回到店里来（笑）。”粟野先生笑眯眯地说道。不知何时，他又在吧台和客人们聊起了历史。

menu

咖啡	420 日元
欧蕾咖啡	550 日元
可可	550 日元
香蕉果汁	600 日元
冰淇淋	570 日元
吐司	320 日元

喫茶 穗高　きっさ ほだか
东京都千代田区神田骏河台 4-5-3
Tel 03-3292-9654
平日 8：00 ~ 21：00, 周六 8：00 ~ 19：00 周日及节假日休息
JR 御茶水站圣桥口，步行 1 分钟
map…p181-21

---

①串田孙一（1915 ~ 2005），日本诗人、哲学家、随笔家、登山家，著有《山的思考》。
②新田次郎（1912 ~ 1980），日本著名历史小说家、气象学家。代表作《武田信玄》获吉田英治文学奖，另著有《死于富士》《愤怒的富士》等。

08

西式甜点店 WEST

银座总店

银座

“WEST”是一家创业于 1947 年的老店，凭借招牌“干蛋糕”和“叶子派”盛名远播，这两种甜点是最受客人们欢迎的伴手礼。在我的记忆中，每次推开 WEST 银座总店的大门，总感觉有百合的香气扑面而来，因为店里总是摆放着鲜花。

店内的格调宛若昭和时代的酒店大堂，伴随着古典音乐，人们的谈话声也变得低婉、柔和。

矮沙发靠背比较高，这是为了在有限的空间里尽量把相邻的客人间隔开。靠背上干净的白色

menu

咖啡	840 日元
各种红茶	840 日元
蛋糕套餐	1155 日元
巧克力甜点	945 日元
草莓圣代	1155 日元
烤火腿三明治	1470 日元

西式甜点店 WEST 银座总店
ようがしほウエスト ぎんざほんてん
东京都中央区银座 7-3-6
Tel 03-3571-1554
平日 9：00～23：00，周六、周日及节假日 11：00～20：00，无休息日
地铁银座站 C3 出口，步行 5 分钟 /JR 有乐町站日比谷口，步行 7 分钟
map…p183-32-e 全席禁烟

椅套也是这家店的标志之一，听说以前日本男人都会抹发蜡，所以沙发靠背都要有套子。

蛋糕不含任何添加剂，均是一丝不苟手工制作而成，鲜花处处，湿毛巾散发着柑橘精油淡淡的香气，洁白的桌布经过了细心的浆洗、熨烫，银质砂糖罐被擦拭地没有一丝指纹，身着制服的女店员彬彬有礼地为客人打开糖罐盖子，咖啡无限续杯……这一切得以延续到今天，是多么奢侈的事情！

我最喜欢 WEST 特有的鲜蛋糕——“栗子”，奶油霜里嵌着板栗。对我而言，它就像是相伴了十几年的心灵挚友。

09

Poem 高圆寺店

高圆寺

“Poem”是日本第一家开放加盟经销权的喫茶店，醒目的黄色招牌上写着“100种咖啡”，颇负盛名。鼎盛时期，Poem在全日本的店铺数量超过了70家。1966年，山内夫妇在东京的杉并区阿佐谷开了家仅有27平方米的喫茶店，Poem由此起步，直至今天。

私小说青春漫画先锋永岛慎二[①]很喜欢这里，并在作品中描绘了这家店，因此Poem作为学生和艺术家的聚集地盛名远播，同时这里也成了漫画家的圣地，呈现出一派活力十足的景象。

①永岛慎二（1937～2005），被誉为“青春漫画教主”。代表作《漫画家残酷物语》以饱含诗意的笔触描绘了一群热血漫画家的生活，展现了彷徨于理想和现实之间的青春群像。

上一代社长山内丰之先生是土佐藩（今日本高知县）藩主山内一丰的后代。他熟知家乡咖啡豆的品质，所以每家 Poem 加盟店选用的咖啡豆均来自高知市内的烘焙厂。在山田丰之先生突然离世后，Poem 阿佐谷店停业，令人十分惋惜。不过，现在的 Poem 仍在不断发展，店家还自行开发了用土佐和纸①制作的咖啡滤纸和滤杯，充分利用了和纸的特性，萃取出的咖啡甘甜馥郁。

高圆寺店的装修风格保留了 20 世纪 70 年代的风貌，年轻的女店员还会为顾客演示怎样用土佐和纸冲泡咖啡。当然，招牌上所说的 100 种咖啡依然可以点单，有的老客人竟然全部喝过一轮、两轮！美味的咖啡、舒适的环境、崭新的尝试，所有的一切都传达着 Poem 的不凡实力。

menu

各种混合咖啡	500 日元起
热爪哇摩卡	550 日元
阿卡普尔科咖啡②	700 日元
咖啡冻	650 日元
蛋糕	400 日元起
烤火腿三明治	550 日元

Poem 高圆寺店
ぽえむ こうえんじてん
东京都杉并区高圆寺南 4-44-5
Tel 03-3316-0294
11：00 ～ 22：00，无休息日
JR 高圆寺站南口，步行 3 分钟
map…p182-28-a

①和纸是以日本传统工艺制作的纸张，以越前和纸、美浓和纸、土佐和纸最为出名。土佐和纸水源取自仁淀川，原料是楮树和结香树，薄而不易破，被称为“蜉蝣的翅膀”，算得上世界上最轻薄的手工纸。

②在墨西哥海滨胜地阿卡普尔科非常普及的一种咖啡。

10

茶亭 羽当

涩谷

涩谷的街头如同猫的瞳孔一般瞬息万变，在这里有一个宽敞而又舒适的琥珀色空间几乎是个奇迹。诞生于1989年的“羽当”以其始终如一的姿态，每天迎接着众多的客人。

踏进宽敞的店内，长达12米的松木吧台立刻吸引了我的视线。吧台装饰架上摆着各种咖啡杯，包括欧洲名窑和日本名瓷有田烧[①]在内，总共超过300种。“我们会根据客人的气质来挑选杯子。”店长田口丰志先生说道。开店以来，他一直坚持在吧台工作。

摆在硕大圆桌中央的花草几乎要顶到天花板，散发着季节的芬芳。吧台旁边带有金色表盘的摆钟是店主请求熟人割爱的古董，每隔15分钟便会用古色古香的音色报时，田口先生说，这座摆钟“有一种守护店铺的存在感”。

根据咖啡豆的不同，店员会选用两种方法萃取咖啡，混合咖啡和单品咖啡采用滤纸滴漏法[②]冲泡，而来自知名烘焙坊“鸡尾酒堂”的深度烘焙老豆则使用法兰绒萃取。

熟客中有一位一直住在涩谷的老先生，已经90多岁了，他总是在散步时顺便来店里喝上一杯同一品牌的咖啡。在他的眼里，涩谷的风景也许就像灯火明灭的胶片，每天都快进似的飞速变幻。

menu

炭火煎羽当特制混合咖啡	800日元
各种老豆	900日元
欧蕾咖啡	900日元
各种红茶	900日元
各种戚风蛋糕	500日元
咬先生三明治	700日元

茶亭 羽当　ちゃてい はとう

东京都涩谷区涩谷1-15-19　Tel 03-3400-9088

11：00～23：30，无休息日

JR 涩谷站宫益坂口，步行4分钟

map…p184-33-g

①有田烧是佐贺县有田町出产的瓷器，是日本的名瓷。日本有田、中国景德镇和德国迈森并称世界三大瓷都。

②日文称为“梅丽塔式”，来源于梅丽塔·本茨（Melitta Bentz，1873～1950），她是咖啡滤纸和滤纸滴漏法的创始人，于1908年创立的德国美乐家公司是生产咖啡用具的著名企业。

11

咖啡亭 ROUEN

大森

“感谢你留了下来。”——“ROUEN”是一家让人想要向它致谢的正宗喫茶店。它特有的古典装修风格被誉为“昭和欧洲式”，用虹吸壶冲煮的各种花式咖啡也是其魅力所在。

“1971 年开业时，这样的装修根本不算稀奇。”73 岁的店主宫泽正人先生笑着说。店铺一楼是怀旧风格的餐桌，玻璃板下铺满了咖啡豆；二楼酒红色的地毯搭配着舒适的沙发，氛围优雅，还可以预约单间。

20 世纪 70 年代喜欢去喫茶店的人，一定体验过在盛夏用冰镇过的铜杯子喝冰咖啡的畅快吧。铜杯子的外壁挂着细密的水珠，看着就令人爽快。在 ROUEN，这些铜杯子每两年会送去保养一次，被爱惜地使用至今。

宫泽先生每天早晨 5 : 30 到店。6 点钟，他的儿子到店后，两个人会一起吃早餐。为了能和客人聊天时有新鲜话题，开店前他们还会浏览一下当天的报纸。

“以前的喫茶店会教给客人这么一种喝法——咖啡加糖后不搅拌。这样，喝的时候就可以享受砂糖慢慢融化、咖啡一点点变甜的过程了。”

menu

各种混合咖啡	400 日元起
各种花式咖啡	450 日元起
“恶魔之炎”三人份	4500 日元
各种红茶	450 日元起
各种三明治	500 日元起

早餐（饮品 +100 日元附带吐司和水煮蛋）

咖啡亭 ROUEN
コーヒーてい ルアン
东京都大田区大森北 1-36-2
Tel 03-3761-6077
周一至周六 7 : 00 ～ 22 : 00
周日及节假日 7 : 30 ～ 18 : 00
JR 大森站东口，步行 4 分钟
map…p180-12

12 Café Bucher

西荻洼

口味丰富的低温冲泡咖啡，风格简约的蛋糕，“Café Bucher”以此闻名。店主村越夫妇将1990年开业的喫茶店与曾是姐妹店的蛋糕店合并，开了Café Bucher。2007年店内整修时，还在吧台里侧设计了蛋糕烘焙室，这样就可以把新鲜出炉的蛋糕直接送到客人的餐桌上了。

这里的乳酪蛋糕广受欢迎，选用带有轻微酸味的丹麦产奶油乳酪，以水浴法烘烤而成。乳酪蛋糕的味道正好可以调和咖啡的苦味。

室内装修承袭了松树新平的设计风格，店内一角还建有仿造的壁炉。Bucher在法语中的意思是“薪”。“我的祖母名叫‘マキ’(日语中マキ可以写作汉字‘薪’)，所以父亲便用这个名字开了这家小店。”原来店名中还隐含着暖暖的亲情。

店主村越先生勤于钻研手冲咖啡技术。冲泡时，他会在法兰绒滤网上架上银壶，注入热水时还会点头打节拍，仿佛在配合着咖啡的苦味、甜味和酸味演奏乐曲。许多喝着星巴克长大的年轻人在这里第一次领悟到法兰绒滴漏咖啡深邃的美味。

小巧的店内每到周末下午很是拥挤，建议您选择休息日晚上或者平日来访。

menu

各种混合咖啡	550日元起
各种单品咖啡	600日元起
巧克力摩卡	650日元
各种蛋糕	300日元起
三明治（当日）	600日元
法式咸派＋面包（当日）	550日元

Café Bucher　カフェ ビシュエ
东京都杉并区善福寺3-6-1
Tel 03-5930-2131
10：00～19：00，每周三、周四休息
西武铁道新宿线上石神井站，步行5分钟
map…p182-30-a

13

橡子舍

西荻洼

大大小小的盆栽和各种树木环绕着“橡子舍”，在西荻洼一带，它可是一家无人不知的小小名店。橡子舍拥有自然的暖心气息，选用自家烘焙的新鲜咖啡豆现磨现冲，店内的“微苦混合咖啡”深受客人们喜爱，颇有人气。

第一代店主被大家亲切地称为“橡子爷爷”，在他 90 岁过世后，其子河野三郎先生继承了店铺。如今站在吧台忙碌工作的是河野先生的亲姐姐和他夫人的姐姐。坐在临近的餐桌边，可以听到她们聊天，只有家人之间才会那样毫无拘束，让人恍惚以为回到了和亲戚们一起准备家宴的厨房，心中生起怀念之情。

menu

各种混合咖啡　470 日元起
各种单品咖啡　500 日元起
皇家奶茶　600 日元
橡子曲奇套餐　600 日元
蛋糕套餐　650 日元
各种吐司套餐　550 日元起

橡子舍　どんぐりや
东京都杉并区西荻北 3-30-1
Tel 03-3395-0399
周一至周四 10：30～22：00
周五至周日及节假日 10：30～22：30，无休息日
JR 西荻洼站北口，步行 4 分钟
map…p182-29-a

“这家店最早由我的父母和哥哥经营，店内的摆设和画作都是父亲和哥哥从古玩市场寻来的，还有一部分是他们自己画的。从 1974 年开店到现在，这里几乎没有什么变化。”三郎先生说。一定要说改变的话，只有店里的名品“橡子曲奇”的味道与之前稍有不同。店里的橡子曲奇原本由一对冲绳夫妇开的人气甜点店“贪吃鬼”提供，后来“贪吃鬼”停业，甜点店“LOCO”承接了橡子曲奇的制作工作，新口味同样值得推荐。

客人们经常鼓励橡子舍：“要一家人其乐融融地一直开下去啊！”说起来，店名橡子舍的由来还真让人有些意外，理由之一竟然是“日语发音听起来很像香格里拉”，真是出乎意料地奇妙。

14

物豆奇

西荻洼

老式摆钟仿佛把时间定格在旧时代，一盏盏灯与其说是照明，不如说像是投影……推开“物豆奇”大门的瞬间，内心已然被触动。这不仅仅是由于旧时代所留下的美，直觉告诉我，这里再现了昔日的一代名店“邪宗门[①]”的世界。想到此处，有种类似乡愁的情绪在胸中隐隐作痛。

我们从第二代店主山田广政先生那里得知，物豆奇的第一代店主就是深爱着邪宗门的一位熟客。1975年，第一代店主得到了被称为邪宗门“宗主”的名和先生的应允，以自己一直憧憬的邪宗门为原型，打造出了一个耐人寻味的咖啡世界——物豆奇。

山田先生成为第二代店主是在开业两年之后，他在寻找开喫茶店的店面时，偶然遇到了物豆奇，房屋转让的条件是不得更改店名和店内装修。山田先生一下就被这个小世界吸引住了，原封不动地接手了这个有着无数钟表、灯光闪烁的空间。

20年后，西荻洼成了人们眼中的古董街。越来越多的客人在逛完古董店后，会顺便来这里歇歇脚，静静聆听钟摆摆动的声音。

menu

混合咖啡	400日元
法式烘焙	430日元
雪顶咖啡	500日元
各种红茶	400日元起
磅蛋糕	250日元
各种吐司三明治	300日元

物豆奇　ものすぎ

东京都杉并区西荻北3-12-10　Tel 03-3395-9569

周一到周日 12：00～21：00

JR西荻洼站北口，步行5分钟

map…p182-29-b

① “邪宗门”原为北原白秋第一部诗集的名称。位于东京国立市的邪宗门喫茶店创立于1955年，2008年闭店。这家店是日本咖啡文化中不可不提的名店，作家、导演、演员、艺术家常常造访此地。1967～1983年，作家森茉莉曾长期来这里写作。

15

DANTE

西荻洼

吧台的对面，是用红砖建造的跃层座席，这样独特的构造让“DANTE”这间喫茶店看起来充满魅力。一条条从天花板垂下的登山绳成了分隔空间的围帘，凸显着登山的主题。开业40年间，这样的室内风格几乎没有任何改变。

店内的氛围静谧而又舒适。在吧台翻看报纸的邻里，坐在跃层俯视吧台、低声交谈的两位客人……一如“Coffee Lodge”这个词，所有的画面都让人联想到充满咖啡香气的山中小屋。

店主吹田守弘先生对于味道的要求近乎苛刻，店里的每一杯咖啡都是用虹吸壶细心冲煮的，高品质咖啡豆也反映出咖啡界近几年来的发展与风潮。

吹田先生从十几岁时起一直酷爱音乐，收集了大量古典音乐唱片。在嗜饮咖啡的父亲的影响下，他很早就熟悉了咖啡的味道，后来经过专业学习，于1970 年开了 DANTE。如今，吧台的一角还摆着几张泛黄的黑胶唱片封套，墙体中装有大型嵌入式音箱。

始终如一的风采，越来越好喝的杯中咖啡，二者的平衡也许就是 DANTE 走到今天的秘诀。

menu

DANTE 混合咖啡	500 日元
精品咖啡（当日）	550 日元起
维也纳咖啡	600 日元
各种红茶	600 日元
乳酪蛋糕	300 日元
咬先生三明治	500 日元

DANTE　ダンテ
东京都杉并区西荻南 3-10-2
Tel 03-3333-2889
12：00 ～ 19：00，无休息日
JR 西荻洼站南口，步行 2 分钟
map…p182-29-c
全席禁烟

16

邪宗门

荻洼

在东京都，名为“邪宗门”的喫茶店有好几家，这几家的店主早年都十分景仰一代名店“邪宗门”的店主兼魔术师名和孝年先生。他们不仅跟随名和先生学习魔术，后来还陆续开了自己的喫茶店。

2008年，名和先生去世，位于国立市的传奇喫茶店邪宗门也随之落幕。现在，经营时间最久的邪宗门是1955年开业的荻洼邪宗门。年过八旬的店主风吕田和枝女士用她美好的笑容守护着店铺。她说，虽然也想过关店，但客人们一直热情支持，因此仍在坚持经营。

这栋二层小楼建于战后不久，建造砖墙的时候可谓煞费苦心，是建筑工人和风吕田夫妇一块砖一块砖亲手垒砌的。

menu

邪宗门混合咖啡	420 日元
俄式咖啡	490 日元
意式咖啡	490 日元
本尼迪克丁[①]咖啡	800 日元
各种红茶	450 日元起
提拉米苏	300 日元

邪宗门

じゃしゅうもん

东京都杉并区上荻 1-6-11

Tel 03-3398-3411

16：00～22：00，不定期休息

JR 荻洼站北口，步行 2 分钟

map…p179-03

小楼一楼是厨房，爬上有些陡的楼梯，二楼就是客席。

古色古香的餐单上列有许多新奇的咖啡！点了意式咖啡，店员端上来的是一杯黑咖啡和一杯热柠檬水，一口一口交替着喝下去，清爽的后味别有情趣。

和枝女士的丈夫政利先生在名和先生的影响下，喜欢上了魔术。他埋头钻研苦练，后来成了闻名海内外的魔术师。“我丈夫年轻时体弱多病，总说不知道自己什么时候死，最后活到了 77 岁。”

和枝女士说，无论是这间喫茶店，还是她自己，今后都会顺其自然。这位走过了几个时代的女士，话语之间透着一种无欲无求的宁静。

---

①本尼迪克丁（Benedictine）也译为修士酒、当酒、泵酒。这种法国蜜酒最初是在 16 世纪初由天主教修士酿造的，以葡萄蒸馏酒为基底酒，经 27 种草药调香加蜂蜜配制而成。

17

但马屋咖啡店

总店

新宿

这些年来，曾经作为街头象征的喫茶店一间接一间地消失了。在手机和快餐店发达的时代，选择在怀旧街道上的喫茶店会面的人越来越少。

然而，位于新宿西口的“但马屋咖啡店”如今依然如同地标一般坚守着。经常去新宿的人即便记不住店名，但只要说起“西口高架桥旁边、‘回忆横丁’入口处的那家喫茶店”，就会明白。新宿的回忆横丁是在战后的黑市基础上发展起来的，得益于喜爱这条街的支持者，这条老街得到了完好的保护。近年来，专程到此游览的外国游客也日渐增多。

但马屋咖啡店原本是一家西式杂货店，1964 年转型为喫茶店，名为“纯咖啡伊甸园”。1987 年，上一代店主把店名改为了自己故乡的名字——但马(位于兵库县北部)，并进行了彻底的重新装修，之后便有了大正浪漫风格的但马屋。

“为了让店铺细水长流地经营下去，我们每一天都在努力保持品质。”第二代店长仓田雄一先生说。店内二楼专门设有烘焙室，每天自行烘焙咖啡豆。店内的许多老物件和装饰品都非常养眼，处处体现着店家的用心。

松木吧台上摆放着古雅的台灯，灯罩是店主从古董市场淘来的法国货。坐在那淡淡的灯光下，看着店员娴熟地用法兰绒冲泡咖啡，十分惬意。

每到休息日，店里的客人络绎不绝。当店门被推开，店内就会涌入新宿街角的空气。

menu

混合咖啡	650 日元
各种单品咖啡	650 日元起
各种红茶	670 日元起
永井的苹果派	450 日元
乳酪蛋糕	450 日元
各种吐司	330 日元起

但马屋咖啡店　总店
たじまやコーヒーてん　ほんてん
东京都新宿区西新宿 1-2-6　Tel 03-3342-0881
10：00～23：00，无休息日
JR 新宿站西口，步行 1 分钟
map…p183-31-a

18

自家焙煎咖啡 凡

新宿

“凡”于1985年开业，紧邻新宿站，一直深受欢迎。店内微暗的餐桌座席与长达13米的明亮吧台形成了鲜明的对比。此外，这里还收藏有1200多只精美的咖啡杯，让这家店更显得品位不凡。

这些藏品中有店主平胜哉先生前往德国采购的迈森[①]瓷杯，还有产自享誉世界的有田烧三右卫门窑的美术馆藏品级瓷杯，一只只排列在展示架上，蔚为壮观。听说，开业30多年来，有位老客人每天都会到店里，坐在吧台前喝一杯咖啡，这位客人用过店里所有的杯子！

这里的咖啡追求新鲜度，店里每天都会自行烘焙少量咖啡豆，粗磨之后萃取出清爽柔和的咖啡，倒入咖啡壶为客人奉上，有足够两杯的量。有意思的是，搭配咖啡的牛奶备有两种——市面上常用的平价植脂奶和动物性牛奶，建议您细细感受一下味道上的差别。

有不少喫茶店选用“凡”这个字作为店名，但对于这家店来说，这个名字别有一番意味。“凡”字和店主平先生的姓组合在一起，正好是“平凡”一词。类似的巧思还体现在洗手间，那里藏着英国特工电影里才有的好玩机关，等着您去发现。

menu

混合咖啡（壶装）	1050日元
各种单品咖啡（壶装）	1050日元起
各种红茶（壶装）	1050日元
巧克力蛋糕	420日元
各种戚风蛋糕	420日元
咖啡全套（附蛋糕）	3150日元

自家焙煎咖啡 凡
じかばいせんコーヒー ぼん
东京都新宿区新宿3-23-1
都里大楼B1F
Tel 03-3341-0179
12：30～22：00，无休息日
JR新宿站东口，步行3分钟
map…p183-31-b

① “欧洲瓷都”迈森是德国德累斯顿附近的一个小城，这里的瓷器制造业已有300多年的历史，迈森瓷器以高雅设计、皇家气派、纯手工制作闻名遐迩。

壽

19 上野 咖啡处 Bonnard

“Bonnard”创业于 1950 年，坐落在日本桥高岛屋百货对面的繁华大街上，白色的建筑外观令人印象深刻，洋溢着高级感。这家老店从昭和时代起就已闻名遐迩，在当时的日本桥地区，有这样一家店可以说十分难得，直到深夜客人都能在这里享用到高品质的咖啡。

2014 年，经营了 65 年的 Bonnard 从日本桥迁到了上野，不过店铺独特的历史感和文化感并没有因此改变。

店内的一楼为禁烟席，吧台上摆着各种漂亮的咖啡杯，客人可以自行选择；二楼为吸烟席，黑色的沙发座

简约时尚。无论是哪一层，整体布局都让人感觉很舒适。充满厚重感的房梁是从日本桥店完好迁移过来的，这些木材来自岐阜县飞驒地区，原本是当地合掌造民宅人字形屋顶的一部分。这独特的房梁让整个空间看起来庄重典雅。身着制服的店员彬彬有礼，让客人有一种安心感。

店里摆放着许多漂亮的盆栽，每个月有两天，Bonnard 会将它们作为礼物赠送给客人。这些让客人开心的习惯 Bonnard 一直坚持至今，展现着店家真诚细致的服务理念。

menu

各种混合咖啡	800 日元
各种红茶	800 日元起
冰滴咖啡[①]	900 日元
草莓汁	800 日元
各种蛋糕套餐	1300 日元
三明治套餐	1600 日元

咖啡处 Bonnard
コーヒーしょ ボナール
东京都台东区上野 1-18-11
Tel 03-6895-0056
平日 9：30～22：30，周六 11：00～22：30
周日及节假日 11：00～19：30，无休息日
JR 御徒町站南口，步行 5 分钟
东京地铁上野广小路站 A1 出口，步行 3 分钟
map…p181-19-b

①冰滴咖啡使用冰水或冰块萃取咖啡，萃取过程十分缓慢，往往要进行数小时，因此冰滴咖啡的价格较为昂贵。

20

保久良咖啡店

吉祥寺

简简单单的咖啡和蛋糕，透过林荫道的枝叶落下的光影，还有幽静的氛围，这里就是高雅的正统派喫茶店——“保久良”。这家诞生于 2001 年的喫茶店离吉祥寺站不远，却不会让人感到站前的喧嚣。

每当有顾客点咖啡，店员便会把用纪州备长炭烘焙的咖啡豆粗磨成粉，以罕见的一次性注水法冲泡，整个过程一气呵成。

男店主是神户人，听说当他还是上班族的时候，常去神户的传奇老店“茜屋咖啡店”取经。茜屋的餐单上只有咖啡这一种饮品，这样专注的气度一直令他佩服不已。

店主夫妇举止谦恭，温暖人心。自开业起，他们便把为客

menu

保久良混合咖啡	600 日元
冰滴咖啡	700 日元
川根（静冈产无农药红茶）	600 日元
山梨县胜沼葡萄果汁（红）	600 日元
巧克力蛋糕	400 日元
栗子蛋糕	400 日元

保久良咖啡店
ほくらコーヒーてん
东京都武藏野市御殿山 1-2-6
View-Canyon 吉祥寺御殿山 1F
Tel 0422-41-8968
11：00 ～ 20：00
JR 吉祥寺站公园口，步行 5 分钟
map…p182-30-f　全席禁烟

人提供舒适空间的理念贯彻始终。

对于想来喫茶店悠闲聊天和读书的人来说，如果遇到吵闹的客人就很不走运了。为了守护这些想要安安静静的客人，店员会善意地提醒那些声调过高的客人。

“喫茶店是帮人们找回内心从容的场所。我们花了 10 年时间，终于让店里安静了下来。我们想把这里打理成自己能从容经营的店，也希望客人能认可这样的店。”

坚定的理念与平和的氛围，对于一家喫茶店来说，这种平衡弥足珍贵。

※ 本店已闭店

21

尤丽娅佩姆佩鲁

吉祥寺

吉祥站前的大道熙熙攘攘，如果过马路时迷迷糊糊，很可能会被来往的公交车撞到。在这样热闹的街边，却安静地伫立着一家名为“尤丽娅佩姆佩鲁”的喫茶店。

店内出乎意料地宽敞，摆放着富有光泽的古董家具。一台百年前美国制造的收银机仍在使用。新艺术风格①的铁艺大门，凸窗上亮着的台灯，花朵图案的桌布……从开店之初至今，店内几乎没有什么改变。无论是大家围坐在餐桌旁一边享用咖啡和蛋糕一边聊天，还是独自安静地用餐、读书，这里的氛围都让人心灵平静。此外，好评如潮的欧蕾咖啡还可以自行冲饮。

这家店属于“曼茶罗”集团旗下。1976年，当时的吉祥寺还不像今天这样热闹，甚至找不到一家能让人歇歇脚的喫茶店，于是店主在艺术家朋友们的协助下开了这家店。

有点儿奇怪的店名取自宫泽贤治的诗集《春天与阿修罗》中的一句:“尤丽娅 / 佩姆佩鲁 / 我遥远的朋友啊”。可以说，宫泽贤治为无数喫茶店带去了灵感。店内二楼的墙壁上装饰着贤治的手稿复印件。黄昏后，可以点一杯鸡尾酒，坐在这里慢慢享用。

menu

尤丽娅佩姆佩鲁混合咖啡	600 日元
热爪哇摩卡	680 日元
各种红茶	650 日元起
各种蛋糕	480 日元起
白葡萄酒加点心	1100 日元
炖鸡肉番茄（附饮品）	1100 日元

尤丽娅佩姆佩鲁

ゆりあぺむぺる

东京都武藏野市吉祥寺南町 1-1-6

Tel 0422-48-6822

11：30～24：00，无休息日

JR 吉祥寺站公园口，步行2分钟

map…p182-30-e

①新艺术（Art Nouveau），一种否定历史风格、提倡流线型装饰风格的艺术运动，19世纪末至20世纪初流行于比利时、法国、德国、奥地利等国，主要表现在建筑和装饰艺术上，后陷入形式主义，短时间内便衰落了。

銀河鉄道の夜

22

tombolo

神乐坂

店门前摆着盆栽、挂着苇帘，古朴的外观让人恍惚以为这是一家始于昭和时代的喫茶店，实际上“tombolo”开创于1998年。当时，建筑设计师平冈伸三先生将自己的事务所——这栋木结构的老屋进行了改造，开了这家店。从那时起，住在周围的人就很爱来这里轻松地聊天，在附近工作的出版人也喜欢到此小憩。

tombolo的餐单以各式咖啡为主。2010年，平冈先生的儿子在隔壁开了一家和tombolo连通的店——SKIPA，因此客人也可以点SKIPA做的甜点。

独具一格的吧台、镶嵌着复古水纹玻璃和彩色玻璃的窗户都独具美感。不过，平冈先生说这些并非概念化的设计。在他童年时期，父母在尾道[①]经营旅馆，儿时关于故乡的记忆存在于心底，体现在了自家喫茶店的风格中。

在神乐坂，那些久经沧桑的老建筑不断被拆除。平冈先生经常会去拆迁现场转转，收集了不少可再利用的材料。另外，SKIPA废弃不用的生锈的白铁皮、三合板等，也可以和新木材组合，再次利用。

“很多店家觉得上午刚开门的时候是店里最好的时光，而在tombolo，被西山的太阳晒透后才是最好的时光吧。”平冈先生这样说。

①尾道市位于广岛县东南部，濒临濑户内海，是内海航线之要冲，市内多古寺。志贺直哉、林芙美子等文人均与此地有渊源。

menu

两种混合咖啡	各500日元
各种单品咖啡	550日元起
欧蕾咖啡	600日元
大吉岭红茶（壶装）	650日元
乳酪蛋糕	500日元
吐司（附沙拉）	500日元

tombolo　トンボロ
东京都新宿区神乐坂6-16
Tel 03-3267-4538
周一至周六 10：00～23：30
周日及节假日 10：00～18：00
地铁神乐坂站神乐坂口，步行5分钟
map…p181-20

23

茶乃子

自由之丘

“茶乃子”是一家以都市中的乡村为主题的喫茶店，传递着树木的绿意、泥土的暖意，是开放式喫茶店的先行者。

乡村木屋风格的店铺正面朝向林荫道，打开玻璃折叠门，这里就成了一个全开放的空间。开业于 1980 年的茶乃子正是最先采用这种手风琴式折叠门的喫茶店。

在天气好的日子，店员会在临店的柏油路上摆上手工制作的木椅。春天坐在这里，眼前九品佛川林荫道的樱花如云似雾，花瓣纷纷飘落肩头和膝上，是赏樱的好地方。每年这个时候客人纷至沓来，如果此时想造访这家店，最好选择

menu

混合咖啡	500 日元
抹茶欧蕾	650 日元
印度奶茶	600 日元
乳酪蛋糕	420 日元
比萨吐司	700 日元
牛肉咖喱套餐（附沙拉、饮品）	1200 日元

茶乃子　ちゃのこ

东京都世田谷区奥泽 5-26-12
Tel 03-3724-4962
10：30 ~ 21：00，无休息日
东急东横线自由之丘站南口，步行 3 分钟
* 因建筑改造工程，自 2017 年 6 月起歇业，重新开业时间请查询相关网页。
map…p180-11

工作日。

夏天，店里会提供用老式制冰店的高纯度冰块做成的刨冰，到了冬天，当季特选甜品则会换成年糕红豆汤。随着季节的变化，无论是店里的餐单还是店前的风景，都应顾客的期待而改变。

自由之丘站前的林荫道向东西延伸，从前九品佛川就在这里流淌而过。1974 年，河道改造工程将此区域改为暗渠，在上面铺设了散步道。据说在茶乃子开店之初，这里还鲜有人至。

这家店见证了街道与城市的变迁，坐在这里看着外面的世界，会感觉眼前的风景就像苹果派一样，层次丰富，无限深远。

24

咖啡道场 侍

龟户

武士（“侍”的日文含意）？道场？听说在这家名为“咖啡道场 侍”的店里，吧台前有一大排摇椅，客人们会一边摇，一边慢慢喝咖啡……

听到这样的传言，大家通常会一笑置之，其实探访过这家店之后就会明白，它就是一家规规矩矩的喫茶店。自 1980 年开店以来，每天直到深夜，店里的客人依然络绎不绝。无论是用滤纸冲泡的咖啡，还是应女性顾客要求增售的鸡尾酒，每一杯店员都会认认真真地亲手调制。身着制服的男店员爽朗的待客态度也让人印象深刻。

“啊？我们是因为特立独行出名的？难道不是因为这里是

一家美男喫茶店吗？（笑）”和店主近藤孝之先生聊天就是这么轻松有趣。他是一位合气道[①]家，对于怎样才能在自己的事业中应用从日本武道中所获的心得，他得出的答案就是开一间喫茶店。开店前，近藤先生花了一年时间做准备，每天大概会走访 10 家喫茶店，反复推敲关于店铺的构想。

武道中制胜一击后仍不可松懈的“残心”和茶道中“一期一会[②]”的精神亦是相通的，所以这家店非常注重客人的心情和感受，希望同他们保持恰当的距离，并在合适的时候提供服务。

“希望客人离开时能带上一份充分放松后的喜悦，作为伴手礼。”这就是店主对待客人的真挚态度。无论是那些坐上去异常舒服的摇椅，还是摆盘华丽的布丁，都体现着店家的待客之道。

menu

各种咖啡	430 日元起
维也纳咖啡	450 日元
各种鸡尾酒	550 日元
自家制布丁	450 日元
炖牛肉（附法棍）	800 日元
午餐套餐	750 日元

咖啡道场 侍

コーヒーどうじょう さむらい

东京都江东区龟户 6-57-22，三宝大楼 2F

Tel 03-3638-4003

8：00～25：00，周日休息

JR 龟户站东口，出站即到

map…p181-24

①合气道是一种防御性武术，源于日本大东流合气柔术，主要特点是以柔克刚、化解攻击。

②“一期一会”是由日本茶道发展而来的词，指表演茶道的人怀着“难得一面，应当珍惜”的心情诚心礼遇每一位客人，这样的心境也体现着日本文化中的无常观。

25 CHRISTIE 原宿

menu

各种红茶	500 日元起
皇家奶茶	550 日元
葡萄酒	杯装 400 日元 / 瓶装 2000 日元
司康套餐	880 日元
各种蛋糕套餐	740 日元起
午餐意面套餐	850 日元

CHRISTIE クリスティー
东京都涩谷区神宫前 1-16-1
Tel 03-3478-6075
周一至周六 12：00 ~ 21：30
周日及节假日 11：30 ~ 21：00
JR 原宿站竹下口，步行 2 分钟
map…p184-33-b

在原宿“竹下通”这条路尽头的小巷中，有一家静谧的红茶专卖店——“CHRISTIE”。30 年来，这家店深受顾客喜爱，还被日本红茶协会认证为“美味红茶店”。这里不仅汇集了各个产地的红茶品牌，还有加味茶、香料茶等合计 40 种红茶。

由大吉岭等 5 种茶叶混合而成的“克里斯蒂混合红茶”和用斯里兰卡乌瓦红茶制作的“皇家奶茶”，是店里的招牌饮品。皇家奶茶里红茶的味道淡淡地融合在牛奶中，喝起来非常清爽，和司康是绝佳搭配。

店名源自英国作家阿加莎·克里斯蒂。每当读了老婆婆侦探马普尔小姐大显身手的推理小说，就想来这里喝一杯上好的红茶。

26

喫茶藏

北千住

走进北千住纵横交错的小路，一栋外墙留有“大仓当铺”字号的白色老仓库建筑映入眼帘。位于这里的“藏”是一家在东京较早出现的由老建筑改造而成的喫茶店。前去造访的那天，穿着厨房工作服的女店主迎接了我。

这家喫茶店由建于大正12年（1923年）的当铺改造而成，附近的邻里经常来店里聊天，兴致盎然。吧台处以前是当铺的柜台，大门的对面就是从前的仓库。曾经的二层建筑已经被上下打通，高高的屋顶下，40厘米厚的墙壁兼具防火和防盗的功能，仿佛在守护着喫茶店中缓缓流逝的时间。

menu

咖啡	450日元
红茶	450日元
年糕小豆汤（附茶饮）	650日元
冻粉套餐（附咖啡·暑期限定）	600日元
鲷鱼烧（附咖啡）	600日元

喫茶藏　きっさ くら
东京都足立区千住1-34-10
Tel 03-3882-0838
10:00～18:00，周日及节假日休息
JR或地铁北千住站西口，徒步5分钟
map…p181-27

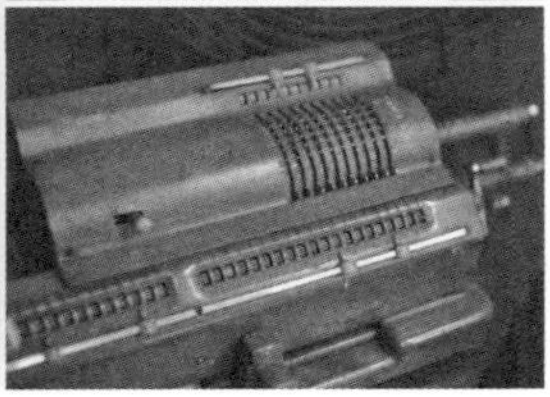

享受咖啡时光

某个下午，在一家有着长长吧台的喫茶店中——

K：(在餐桌席找到了 S 的身影）你好，让你久等了。

S：下午好。

K：怎么没坐在吧台呢，选了这么靠里的餐桌。

S：这个嘛，我有些紧张。

K：啊？在很酷的连锁咖啡馆里，你明明都表现得泰然自若。

S：其实，这是我第一次走进喫茶店。

K：啊，原来如此……你真的是第一次光顾喫茶店啊?

S：是的。

K：哇，难以置信。你是在哪儿长大的?

S：东京中目黑。我开始喝咖啡的时候，家附近和生活圈内都已经是连锁咖啡馆，看不到传统的喫茶店了。

K：是这样啊，那你就不是 Coffee 文化的一代，而是 Espresso 文化的一代了。

S：是的。所以一下无法适应店里的氛围，慌慌张张地就坐到里面了。

在吧台放松自己

K：说起来，像星巴克那样的连锁店，虽说有吧台座位，但客人并不是和店员相对，而是面朝墙壁或者窗户。或许因此你才不习惯坐在喫茶店的吧台和老板面对

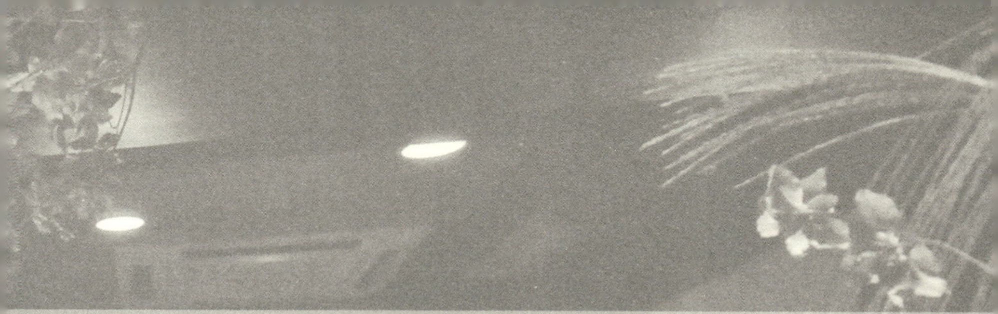

面吧。

S：是啊，总觉得有点尴尬……在老板面前，可以往咖啡里加牛奶和砂糖吗？

K：随意就好。先尝一口，品一下本来的味道，之后就随意吧。

S：嗯，那要不要和老板聊点什么。

K：这个也随你，保持沉默也没问题，可以翻开一本书，以此表示“我不想聊天”。

S：原来如此。坐在吧台的时候，怎样才算洒脱呢？

K：随意一些就行。不用像在寿司店那样，要讲究点餐顺序什么的。如果是一个人，就读读书；两个人，就聊聊天吧。

S：可是，聊天的话，周围的人会听到吧。

K：没关系的，喫茶店的老板都很擅长装作没听到客人的对话。而且，你会在喫茶店聊一些不便让人听到的话题吗？

S：不会，不会（笑）。

K：吧台是公共空间，聊一些让人听到也没关系的话题就行。如果是高兴的事，与身边的客人分享一下也很好啊。

S：这算是一种共享精神吗？

K：是的，可以和偶然相遇的人分享开心的瞬间，有这样的意识非常好。喫茶店的精髓就在于和陌生人共享自己喜欢的空间。另外，能够很自然地在吧台发呆的人，就是所谓的“吧台高手”了。

S：嗯……看来成为高手还要还花很长时间。

K：习惯就好。带上一颗“咖啡心”，也许就能饶有趣味地看待自己在吧台拘谨的样子了吧！

S：也许真的是这样。

K：其实很快就会习惯的，而且你会发现，老板那些意味深长的话很有趣。

S：那些在吧台和老板聊得兴致勃勃的人，您怎么看呢？

K：这样的客人误把吧台当作了私人空间，没有考虑到别人吧。

S：这样啊。那么每个人都能感觉到老板的个性和店里的氛围与自己是否契合吗？

K：当然。去过各种各样的喫茶店之后，就会慢慢明白什么样的店与自己更契合。

S：原来如此。理解喫茶店深层次魅力的同时还能发现自我。下次散步的时候，我会留意看看街上有没有合意的喫茶店。

第 2 章

从一杯咖啡中袅袅升起的香气

27

CAFE DE L'AMBRE

银座

CAFÉ
DE
L'AMBRE
Haiti
Nicaragua
Brazil
JOAN MIRO

在自家烘焙咖啡圈中，各个店家就如同国王、皇帝和总统在角逐第一名的宝座。不过，在如此众多的店家中，谁也无法否认“琥珀”（CAFE DE L’AMBRE）的独一无二。这家传奇喫茶店从二战结束后经营至今，为日本的咖啡历史带来了巨大的影响。如同酿造葡萄酒一样经过熟成、风味独特的咖啡豆，主人与客人在吧台妙语连珠的对话……这家店诞生了多少传说和故事！

在银座的一条小巷中，琥珀的招牌亮着灯，上面写着“店内只有咖啡”。在您打开店门前，请先看看这家店的小橱窗，里面摆着珐琅壶和精巧的小咖啡杯，这些都是店主关口一郎[①]先生为“最好的一杯”准备的。从大型烘焙机、研磨机的构造到冲泡咖啡用的法兰绒，关口先生对店内所有的咖啡器具都进行了彻底、细致的改良。

落座后拿起餐单，丰富的咖啡品类让人应接不暇。作为“最初的一杯”，店里首先推荐给客人的是混合咖啡，有三种浓度可以选择：牛奶咖啡、中浓黑咖啡以及浓厚黑咖啡。假如您嗜品咖啡，一定要尝一下堪称“琥珀精髓”的小杯浓厚黑咖啡。为了最大限度地呈现这种咖啡的魅力，制作时要以低温慢慢萃取。

即使平时不喜咖啡的人也会爱上“琥珀女王”这款黑白冰咖啡，这是一款诞生于琥珀、随后红遍全日本喫茶店的咖啡名作。

点单时，店员会先询问客人是否需要加糖，对于需要加糖的客人，咖啡师会以温度略高的水冲泡咖啡，让砂糖更易于融化。从前，店里还有一位可怕而又迷人的女士——关口先生的妹妹、负责手冲咖啡的龙子女士。她曾经板着面

①关口一郎是日本著名的咖啡职人，被誉为“咖啡之神”，2018年3月14日于东京逝世，享年104岁。琥珀的现任店主为关口先生的侄子林不二彦。

孔斥责过想往冲好的咖啡里加糖的客人，这段逸事后来人尽皆知。当年的客人回忆说：“那时能坐镇吧台的熟客都是了不起的人物，要是不懂咖啡，他们会教你怎么喝。我惶恐得很，当时根本不敢坐在吧台。”

如今，怎么喝咖啡，随客人自便，大家都很轻松地坐在吧台前。

关口先生 1914 年出生于东京浅草，生前每天都在店里操作着烘焙机，勤勤恳恳，让人叹服不已。

“凡事爱探个究竟，这是我的天性。”关口先生曾这样说。在战后重建的年代，连一本像样的咖啡理论书和入门书都找不到，关口先生只能凭借自己的感官，每天在工作之余重复着一次次的咖啡实验，终于，他苦心钻研做出的咖啡受到了大家的推崇。1948 年，关口先生在西银座开了自己的喫茶店，这便是琥珀的起点。无数客人为这里绝妙的咖啡倾倒，土门拳等摄影大师，以及众多歌舞伎演员和作家都是这里的常客。

“我为了喝到好喝的咖啡埋头钻研，却因此让别人也得到了快乐。”

选用熟成期超过 10 年的老豆做出来的咖啡味道浓醇柔润，是关口先生钻研的成果之一。琥珀仅选择适于长期熟成的精品咖啡豆，储存在类似酒窖、能精确控制温度和湿度的陈酿室里。在这里，豆子会不可思议地产生如同水墨画一般深沉的风味。现在的主流咖啡普遍使用新豆，呈现出的味觉世界仿佛是一幅色彩艳丽的油彩画。与之相对，老豆呈现出的则是侘寂的世界，这正是琥珀所达到的境界。

menu

混合咖啡	650 日元
各种单品咖啡	740 日元起
黑白冰咖啡“琥珀女王”	790 日元
冰黑咖啡	790 日元
琥珀浓缩咖啡	740 日元
咖啡果冻	740 日元

CAFE DE L'AMBRE

カフェ ド ランブル

东京都中央区银座 8-10-15

Tel 03-3571-1551

周一至周六 12：00 ~ 22：00

周日及节假日 12：00 ~ 19：00，无休息日

地铁银座站 A4 出口，步行 7 分钟 /JR 新桥站银座口，步行 5 分钟

map…p183-32-f

28

Cafe Bach

南千住

Bach Kaffee

“咖啡巴赫”是一家深受大家喜爱、深深植根于当地社区的喫茶店，也是一个吸引了众多咖啡迷专程到访的圣地。店内总是打扫得一尘不染，店员们井然有序地忙碌着。

根据烘焙度的不同，店里的咖啡从浅度烘焙到深度烘焙共有 20 多种。以维也纳咖啡为代表的花式咖啡种类同样丰富，如果不知如何选择，不要踌躇，咨询一下店员吧。

如果您对手冲咖啡的技法感兴趣，那么请一定要坐到吧台前的位置。店家特意选用滤纸冲泡咖啡，这是为了能够在客人面前演示并解答他们关于手冲咖啡的各种问题，借此把自冲咖啡的乐趣更广泛地传递给普通家庭。

咖啡巴赫诞生于 1968 年，店主田口护先生的著作一直被有志于经营自家烘焙喫茶店的人们奉为圣经。店名之所以为“巴赫”，是因为田口先生热爱古典音乐，而巴赫恰好有一部作品就叫《咖啡康塔塔》。看来我们可以在他们二人身上发现一些共通点。

巴赫是巴洛克音乐的集大成者，奠定了西方音乐几乎所有作品样式的体例基础，对后世的作曲家产生了不可估量的影响。田口先生同样为曾经只是依靠匠人直觉的咖啡烘焙界构建了详细的数据和理论基础。此外，田口先生的生平也与巴赫有诸多相似之处。比如，他们都堪称优秀的导师，培养了众多后辈，也同样都觅得佳偶相伴。现在，田口先生的夫人文子女士负责店里的甜点制作工作，全力支持着丈夫的事业。巴赫对于管风琴演奏的秘诀是这样解释的：“没有什么特别的，只要用正确的手指，按下正确的琴键就好。”这同样与田口先生的咖啡理念不谋而合。

所谓对的咖啡、好的咖啡，所需的条件无非是手工挑拣瑕疵豆，恰到好处而稳定地烘焙，选用新鲜烘焙的咖啡豆。

“是否好喝这件事受个人主观感受左右，不过，当所有的条件一一达成后，就可以得到一杯好咖啡。”田口先生说。

咖啡巴赫所在的山谷地区①原本并不适合经营喫茶店，田口先生选择在这里开店，似乎是受到学生时代常去的位于下北泽的一家小喫茶店兼酒吧的影响。

“那位老板为人豁达，曾与我分享了许多关于音乐的知识。有一回聊天，我提到家里汇的钱花完了，最近日子过得很辛苦，没想到结账时老板从收银台里拿了好多零钱给我，说‘拿去吧’。”

正是因为这样的经历，田口先生对于喫茶店有了更深一层的认识：“喫茶店是让人们相遇并且相互支持的场所，即便力量微薄，也能贡献当地社会。”自咖啡巴赫开业以来，田口先生一直把“做力所能及的事”作为自己的经营理念，对公益事业尽心尽力。2000 年，深受当地人喜爱的混合咖啡被选为冲绳八国首脑会议的晚宴饮品，这是对咖啡巴赫社会价值的巨大肯定。

田口先生对咖啡美食文化同样兴趣浓厚，他认为：“蛋糕和咖啡是恋人，面包和咖啡是夫妇。巴黎、维也纳这些盛产美味蛋糕的地方，都是喝咖啡的好去处。”

位于店里二楼的厨房，每天都有新鲜出炉的蛋糕和面包，搭配咖啡相得益彰。

menu

各种混合咖啡	450 日元
各种单品咖啡	450 日元起
维也纳咖啡	550 日元
土耳其咖啡	800 日元
焦糖卡布其诺	550 日元
各种蛋糕	400 日元起

Cafe Bach
カフェ バッハ
东京都台东区日本堤 1-23-9
Tel 03-3875-2669
8：30～20：00，无休息日
JR 或地铁南千住站南口，步行 8 分钟
map…p181-26

①东京都的山谷地区曾被认为是贫民窟街区，有大量底层劳动者和流浪汉聚集于此，因此这里设有不少简易的住宿设施。现在的山谷地区治安良好，因住宿费低廉，吸引了不少外国游客。

29

大坊咖啡店

表参道

习惯了喝咖啡之后，大家会慢慢形成自己的喜好，有人喜欢小提琴般华丽的口感，也有人追求单簧管般温和的风味。如果以乐音来比喻咖啡，那大坊咖啡店的咖啡就是拥有厚重低音的大提琴了。

尝过这里的深度烘焙咖啡之后，会感觉似乎每一滴咖啡都在演奏高雅的旋律，有如大提琴的音色，有时甚至觉得那旋律飘落到了自己的灵魂近前，缓缓倾诉。有意思的是，店主大坊胜次先生实际上是一个沉默寡言的人。

自 1975 年开店起，大坊先生就明确了店里的风格——让咖啡的口感和它自身的音色产生共鸣。在泛着黑光的整块松木打造的吧台，大坊先生彬彬有礼地低声为客人服务，把交流限制在必要范围内。但是，当客人起身离店时，他一定会望着客人的眼睛，郑重恭敬地说“感谢您的光临”。

这种保持恰当距离的待客之道让人很自在。即便店内座无虚席，也不会破坏整个空间的庄重感。成年客人尤其喜欢这余韵萦绕的味道和静谧的空间，始终对店家怀着深深的敬意。

店内的书籍和画作让客人们的咖啡时间更加充实。入口处的墙上挂的是画家牧野邦夫用幻想的笔触描绘的《大坊咖啡店的午后》。书架上摆着很多书和画册，书脊被烘焙咖啡豆时产生的烟气熏得变了色。不知道您是否会发现其中有两本特别的书。这两本书的封面用布包着，内文是一页页手写稿，其中一本是大坊先生写的关于两位画家作品的感想，另一本是他和客人往来的书信。

大坊先生非常喜爱平野辽和盐崎贞夫这两位画家，店内时常会展出他们的作品，主题是与深不可测的黑暗和死亡的抗争。想不到在自在的咖啡空间中，还有如此意味深沉的作品。

每天早晨，店员会用小型手动烘焙机来烘咖啡豆。混合咖啡根据浓度编号，编号不同，选用的咖啡豆和热水的用量也不同。标准浓度是 3 号，2 号为稍浓，1 号为特浓。

建议大家带上一本文库本的小书，坐在吧台品尝一下这里经典的咖啡套餐——第一杯是混合咖啡，第二杯是摩卡。用小咖啡杯端上来的极品摩卡，苦味圆滑光润，甜味柔软温和，绝对值得一品。

在夏日的午后，来一杯看起来像是冰咖啡的鸡尾酒"黑俄罗斯"也是一件乐事，在大热天喝下一杯，爽快无比。这款鸡尾酒是由一位创作酒吧幽默短篇小说的作家提议加入餐单的。

大坊先生在 10 年前接受采访时曾说："我只想平平淡淡地开店。"无意于身边的喧嚣，坚持做出符合理想的咖啡，这是一件多么难得的事！如今再一次问到大坊先生最珍视的是什么，他的回答依然没有改变："以平常心做咖啡，希望客人也用平常心来品尝。"

※ 本店已闭店

menu

各种混合咖啡	600 日元起
各种单品咖啡	800 日元
牛奶咖啡	750 日元
啤酒	650 日元
黑俄罗斯	900 日元
乳酪蛋糕	450 日元

大坊咖啡店

だいぼうコーヒーてん

东京都港区南青山 3-13-20，2F

Tel 03-3403-7155

9：00～20：00

地铁表参道站 A4 出口，步行 2 分钟

map…p184-33-e

30

堀口咖啡

世田谷店

千岁船桥

关于“喫茶店”与“咖啡馆”有何不同，堀口咖啡的店主堀口俊英先生曾经给出了一个简单却直触问题核心的解释。“店内的饮品销售额在总销售额50% 以上的是喫茶店，食品销售额在总销售额 50% 以上的是咖啡馆。”

堀口先生是引领日本精品咖啡发展的“第一人”。他长年在世界各地飞来飞去，直接将引发咖啡界变革的动态带回日本。在 21 世纪的最初 10 年，日本的咖啡品质产生了巨大的飞跃，在这一过程中，堀口先生对咖啡界的技术革新和推广可谓功不可没。

堀口先生在 2010 年开了这家采用法兰绒滴漏法制作咖啡的老式喫茶店。长达 15 米的吧台由有着 200 年树龄的漂亮胡桃木制成，椅子来自丹麦现代家具品牌“Karl Kristianser”，咖啡杯则是四处收集来的日本古董杯。店内一派繁盛的昭和时代景象，让人倍感新鲜。

店里的餐单上只有咖啡和蛋糕，不接待未成年人，不太考虑经营效率和收支。堀口先生笑言这是一家“逆时代而行的店”，虽然外观复古，但其内涵却是崭新的。“以极品咖啡为目标”，正如他所言，从咖啡庄园中树木的栽培，到生豆的精加工、运输、保存，再到烘焙和萃取，堀口先生在所有环节上精益求精。可以说，我们有幸喝到的堀口咖啡是“集大成的一杯”。另外，这里的蛋糕和咖啡相得益彰，同样很有人气。

与滤纸相比，法兰绒的萃取时间长、清理和保存也更费事，但堀口咖啡却依然选择用法兰绒冲泡咖啡，这是为了更纯粹地提取出咖啡的香味。为了用最短的萃取时间冲泡出品质如一的咖啡，堀口先生反复实验，希望可以通过计量工具和计时器来控制咖啡萃取。

“详细的方法大概还要一年的时间才能搞明白吧。刚刚烘焙好的豆子和存放了 3 天的豆子是不同的，法兰绒的使用次数也会受到影响。”

这种执着的研究精神令人叹服，也是堀口先生的一贯作风。在 1990 年开咖啡豆烘焙店之前，他就通过实验把一直以来主观且模糊的咖啡制作技艺转化成详细的数值，并在此基础上提出改良方案，引发了一场咖啡革命。堀口先生把葡萄酒生产领域中的基本概念——风土（terroir）①，以及恒温运输等理念，尝试应用到了咖啡生产中。这样的做法在过去的日本很难得到同行的理解，可堀口先生一直坚持到了今天。

堀口先生和咖啡的渊源始于学生时代。那时，他经常泡在东京的文化中心地——新宿的喫茶店里，“有看电影和抽烟的钱就能过一天”，每天如此。同 20 世纪 70 年代东京街头的喫茶店相比，现在的“堀口咖啡”呈现了一个迥然不同的世界。

“今后的消费者一定要具备独立判断咖啡品质的能力。一杯好咖啡体现了咖啡豆从生长到萃取这个漫长过程中所经历的一切。”

其实在很早之前，堀口先生就开始向大家介绍应该如何摒除个人偏好、客观地评价咖啡的味道。

menu

4 种咖啡（随季节变更）
蛋糕套餐　950 日元

堀口咖啡
ほりぐちコーヒー
东京都世田谷区船桥 1-12-15
Tel 03-5477-4142
11：00～19：00，每月第三个周三休息
小田急线千岁船桥站，步行 3 分
map…p180-10　全席禁烟

① “terroir”是法语词，意为风土，是葡萄酒行业的一个重要概念，指葡萄酒的香气和口味所反映的土壤、气候等地理来源的特征。

31

WESTERN 北山咖啡店

上野

上野地区有一家名为“WESTERN 北山咖啡店”的老店，不仅咖啡本身带着些许冷傲的味道，店内还写着诸多禁忌事项，尽管如此，这里依然远近闻名。北山咖啡店的大门上贴着一张纸，上面写着：“办公、读书、商谈等，诸如此类，非为品咖啡而来者，请勿入店。”初次到店的客人看到这句话，可能会因此离去吧。其实，店主北山斗见之先生是个温和的人，听听他的话，就会理解为何要在大门上贴出这样的提醒了。

北山先生原本在一家大型咖啡公司工作，20 世纪 60 年代他从公司辞职，开了自己的喫茶店。北山先生说，要让一杯咖啡有生命，需要店主和客人双方齐心协力。

“只凭我个人的努力，也许能做出好喝的咖啡，但无法使之升华。客人如果能将‘请为我做到最好’这种意念传达给我，与我的意念结合，那就可以做出一杯了不起的咖啡。”

在这里，您不必为要用什么的表情等待而烦恼。只要想着好喝的咖啡，坐着慢慢等就可以了。在我探访北山咖啡店时，有一对年轻情侣正面带笑意，品尝着店家引以为傲的咖啡套餐。

有的客人希望店主能介绍一下餐单上的咖啡，不过北山先生认为，“对味道的理解因人而异，最好不要有先入为主的看法”。因此，他会尽量避免做过于详细的说明。身为大堂经理的北山夫人说过一句很有道理的话：“我希望客人不要和老板聊天，而是和端上来的咖啡聊一聊。”

您若嗜饮咖啡，请一定尝试一下店里的精心之作“B 套餐”——极为浓厚的“雅”加上一小杯冰冷的“水滴”，是尽显北山咖啡店魅力的一对组合。

“雅”选用悉心储藏超过 15 年熟成的混合咖啡豆，以高超的法兰绒冲泡法萃取而成。口感中带着沉甸甸的迫近感，要想稳稳接住这浓厚的冲击，推荐大家先清饮黑咖啡，之后加入砂糖和奶油慢慢享用。

北山先生说：“‘不是黑咖啡，就是邪道。’被这种固有观念束缚是很无聊的。难喝的咖啡不是因为加了糖才难喝，添加了其他东西的混合咖啡也可以很

好喝。”

品尝过“雅”之后端上来的是“水滴”，无论是常饮咖啡的人，还是平时不怎么喝咖啡的人，都会爱上这利口酒般的一小杯。这杯又甜又冷的浓厚咖啡表面浮着上乘的鲜奶油，喝上一口便会生出满满的幸福感，仿佛是天堂的水滴落在舌尖。

现在店里咖啡豆的烘焙工作由将来的继承人、北山先生的儿子负责。

“我告诉他，要让自己‘进入’到杯子中，就是要以这样的魄力来冲泡咖啡。”北山先生说。

店里没有花太多钱在装修上，也完全没有研究过客人的喜好，对于咖啡的信仰始终被放在第一位。北山先生谦虚地说，因为店面是自己的，所以才坚持了下来。这样真诚的店家，正是喫茶店界真正的瑰宝。

menu

各种混合咖啡	850 日元起
各种单品咖啡	900 日元起
雅（15 年以上熟成豆混合咖啡）	2000 日元
A 套餐（老豆 WESTERN 咖啡 + “水滴” 半份）	1500 日元
B 套餐（“雅” + “水滴” 半份）	2500 日元
肉桂吐司	350 日元

WESTERN 北山咖啡店
ウエスタン きたやまコーヒーてん
东京都台东区下谷 1-5-1
Tel 03-3844-2822
12：00～19：00，周一休息
JR上野站入谷口，步行 5 分钟
map…p181-25

32

银座

十一房咖啡店 Café BECHET

假如在银座散步时想要休息一下，希望喝到好的咖啡，体验阅读的快乐，那么请放心地到“十一房咖啡店”来吧。透过橱窗就能看到店里的烘焙室，走进小小的入口，面前呈现出一个整洁有序的空间。音乐自真空管音响中自然流逸而出，在乐音的陪伴下，无论是在吧台还是在餐桌席，都可以悠然度过一段宁静的时间。

口味典雅的混合咖啡根据烘焙深度分为5种，从浅度烘焙到意式烘焙（即极深度烘焙），可根据自己的喜好选择。店员会用特制的铜壶向手工缝制的法兰绒滤布中慢慢注入热水，悉心冲泡。对于喝惯了浓咖啡的客人而言，选择“中浓”或“黑咖啡”应该更适合。餐单上的“陈酿咖啡”用的是熟成期超过15年的老豆。另外，店里还有自开业那年储存下来的珍贵老豆，这些咖啡豆经过了30多年的岁月沉淀，做出的咖啡自是别具风味。

十一房咖啡店开创于1978年，最初的店名为“Café BECHET”，迁到银座后在店名中加入了“十一房”。第一代店长曾跟随名店琥珀的传奇烘焙职人山田幸男先生学习咖啡豆烘焙技艺，现在的十一房咖啡店依然传承着这份经典的味道。

这是一家正统典雅的喫茶店，从往昔的幸福时代一直走到了今天，散发着从容优雅的风范。

menu

各种混合咖啡	600日元起
当日陈酿	1000日元
各种单品咖啡	600日元起
咖啡摩卡	800日元
各种红茶	700日元起
巧克力蛋糕	400日元

十一房咖啡店 Café BECHET
じゅういちぼうコーヒーてん
カフェベシェ
东京都中央区银座2-2-19
Tel 03-3564-3176
平日10：30～22：30，周六、周日及节假日12：00～21：30，无休息日
地铁银座一丁目站4号出口，步行1分钟
map…p183-32-b

33

CAFÉ DEUX OISEAUX

阿佐谷

没有一丝杂味，清爽而纯粹，美味的咖啡呈现了店家惊人的好品味。“CAFÉ DEUX OISEAUX”的店主宗孝男先生说，他想为客人提供的是“无论多少杯，都想继续喝下去的咖啡”。每当用法兰绒冲泡经过粗磨的咖啡粉时，他的全身上下都透着一种浑然忘我的专注。宗先生向我透露了手冲咖啡的秘诀：“从开始向咖啡粉注水到第一滴咖啡滴入杯中，这个过程要全神贯注，之后让咖啡自然流下就可以了。”

从浅度烘焙到极深度烘焙，餐单上罗列着约 20 种咖啡，以老豆为原料的咖啡并没有被特别列出，而是混在其中。用深度烘焙的古巴咖啡豆制作的微浓黑咖啡，拥有熟成豆特有的香气，味道中没有了酸味带来的棱角，苦味柔和，口感纯粹。“理想的咖啡，就在眼前的杯子里”——发现这一点的瞬间，对于爱咖啡的人来说，就是无上幸福的时刻。

宗先生是一位著名的咖啡职人，曾在银座的名店琥珀学习过 3 年半时间，是烘焙大师山田幸男的师弟，后来又在十一房咖啡店专职负责烘焙咖啡豆。1984 年，宗先生离开了银座，独自创业。他想在更富有日常生活气息的地方工作，于是在阿佐谷开了这间 CAFÉ DEUX OISEAUX（意为两只小鸟）。

在栽种着榉树的青翠林荫道上，“CAFÉ DEUX OISEAUX”只是竖着一块小小的象牙色招牌。一直往店里走，会看到一间玻璃烘焙室，明亮而洁净。有的客人会从很远的地方专程来购买咖啡豆，而住在附近的客人每天都可以来此享用精致的咖啡，真是令人羡慕。

menu

各种混合	450 日元起
各种单品咖啡	500 日元起
欧蕾咖啡	500 日元
黑白冰咖啡	650 日元
红茶	500 日元起
自制蛋糕	400 日元起

CAFÉ DEUX OISEAUX
カフェ ドゥ ワゾー
东京都杉并区阿佐谷北 4-6-28
Tel 03-3338-8044
12：00 ~ 23：00，周四休息
JR 阿佐谷站北口，步行 10 分钟
map…p179-04

34

VERDE

惠比寿

想喝咖啡的人，想好好休息的人，想买咖啡豆的人……在惠比寿的“VERDE”，客人总是络绎不绝。店里有一个面朝驹泽路的小房间，这里是专用的烘焙室，每天上午和下午，烘焙机都会开动两次，烘焙新鲜的咖啡豆。

店内朴实无华，与其长时间待在椅子上，不如像在酒吧那样，简单地聊上几句，喝过喜欢的咖啡之后，爽快地起身离开，这样似乎更加洒脱。

1981 年，氛围轻松自在的 VERDE 开业了。从 1990 年起，店内开始自己烘焙咖啡豆。现任店主宫下晃先生曾在名店十一房咖啡店做过学徒，他在惠比寿一带深受大家喜爱。

menu

各种混合咖啡	500 日元
各种单品咖啡	500 日元起
欧蕾咖啡	600 日元
维也纳咖啡	650 日元
各种自制蛋糕	300 日元

VERDE　ヴェルデ
东京都涩谷区惠比寿西 1-20-8
Tel 03-3496-1692
周一至周六 10：00～20：00
周日及节假日 13：00～20：00
无休息日
JR 惠比寿站西口，步行 5 分钟
map…p180-14-a

VERDE 选用的大多是深度烘焙的咖啡豆，用法兰绒冲泡，客人可以享受到富有魅力和力道的醇厚味道。不过，这味道和十一房咖啡店又很不一样，体现了 VERDE 的独到之处。

可以说，喫茶店有两种相对的形态，即“山里喫茶店”和“街头喫茶店”。所谓山里喫茶店，是指不为大众所知、但因为咖啡品质出众而得到咖啡爱好者喜爱的店家。相对于山里喫茶店所追求的超凡脱俗的味道，街头喫茶店的理念是要把作为日常饮品的咖啡不断地送到所有客人手中。

“总而言之，经营的秘诀就是新鲜、便宜、好喝，仅此而已。”正在忙碌的宫下先生说道。其实，每家街头喫茶店都有自己引以为傲的东西。

35

山猫咖啡店

明大前

在靠近铁路线的这个小小的空间中，弥漫着咖啡的香气，真空管音响播放着轻缓的爵士乐，墙上挂着的冰镐表明店主是一位登山爱好者。在这里，大家总是轻松地谈笑着。

店主河村敬介先生曾在十一房咖啡店做过学徒。他用法兰绒冲泡出的咖啡仿佛是一条清澈的河流，水面平稳，但水下却波涛暗涌，那清爽而又深邃的味道令人难忘。

河村先生烘好咖啡豆时，会告诉客人：“快好了啊！”刚刚烘好的豆子味道略有刺激感，放置几天，等味道柔和一些再用来做咖啡更为合适，这也是做出美味咖啡的秘诀之一。

menu

各种混合	450 日元起
各种单品咖啡	450 日元起
欧蕾咖啡	500 日元
黑白冰咖啡	600 日元
烤三明治	300 日元
蛋糕	250 日元

山猫咖啡店
やまねこコーヒーてん
东京都世田谷区松原 2-28-11
Tel 03-3322-6522
11：00～21：00
京王井之头线明大前站，步行 5 分钟
map…p179-08　全席禁烟

36

草枕

新桥

menu

咖啡	600 日元
冷咖啡	700 日元
牛奶咖啡	700 日元
和三盆①点心	200 日元
乳酪蛋糕	400 日元

草枕　くさまくら

东京都港区西新桥 1-10-1　Tel 03-3597-1212

平日 10：00～23：00，周六 10：00～18：00

周日及节假日休息

都营三田线内幸町站 A4 出口，步行 3 分钟 / 地铁虎之门站 1 号出口，步行 4 分钟

map…p183-32-g

在新桥地区一条未曾有过咖啡香的商业街上，诞生了一家大家期待已久的喫茶店——“草枕”。店门口垂着素色的麻质暖帘，幽暗的空间中摆着很多书，这样的氛围让人有一种错觉，似乎草枕从很久以前就存在于这条街上了。其实，草枕是 2007 年开业的。平日，避开中午上班族来用餐的时段，便可以在这里细品一杯苦味柔和的浓厚咖啡。

年轻的店主相吉康辅先生总是一丝不苟地操作着手动烘焙机，多年来一直坚持用法兰绒冲泡咖啡。他曾经为大坊咖啡店的魅力所折服，10 年间常常光顾，后来他靠自学掌握了烘焙技术，开了属于自己的喫茶店。如今，相吉先生的夫人负责制作蛋糕和接待客人。

店名“草枕”源自钢琴家格伦・古尔德所钟爱的夏目漱石的同名小说。总之，生活不易，这样的时候喝上一杯咖啡，总能得到恰到好处的慰藉。

---

①和三盆是一种黄砂糖，主要产自日本四国地区东部，色泽淡黄，风味独特。

这里是空间虽小却具有强大吸引力的咖啡文化能量场，

我们请来了创造这种能量场的店主，记录下喫茶店的日常。

喫茶店是一种特殊的装置

文 · IHATOV 店主　今泽裕

早晨从家里出来之后，我会在路上调整一下自己的状态，迎接新的一天。

来到店里，先用吸尘器清扫地面，接着打理家具和餐具、烧开水。

查看前一天的预订，准备妥当后出门进货。

放下招牌的时候，总会发出声响。

店里的地板、墙壁和天花板都是木制的，工作时到处都会吱呀作响。随着季节和天气的变化，声音有时是从地板发出的，有时来自天花板。

每一天，开店前的准备过程是最充实、最得心应手的。

要说为什么，或许是因为会打破店内这份安静的客人们此时尚未到来。

但是，如果没有客人，喫茶店作为一种特殊“装置”的功能就无法启动。

关于这个“装置”，可以借用社会学理论来解释，客人们的心理则可以用弗洛伊德的“哀悼工作”理论[1]来分析。

简单地说，喫茶店类似于一家公司的总务部。因为规模非常小，所以人事、会计、安保、维修、法务、店员协作以及杂务等，都要靠自己完成。

---

① Mourning Work，指失去依赖和所爱的对象后引起的一连串心理过程。完成哀悼工作，才能把这种失去作为稳定的存在而接受。

这正是支撑喫茶店日常运作的根基，也是店铺的整体结构，这样一家喫茶店就可以营业了。

喫茶店的功能由此正式开启。接下来，面对每一位客人，都要尽全力为他们提供良好的环境、餐品和服务。

除了餐单上的各种餐饮之外，喫茶店提供的商品还有“时间”和“空间”。为客人提供餐饮，其实是希望他们可以在更好的状态下购买时间和空间。

正如海明威的短篇小说《一个干净明亮的地方》(*A Clean, Well-Lighted Place*) 所描绘的那样，我希望客人能在干净、明亮的空间里消费时间。有时我会帮客人照顾小孩，回答他们关于店内收藏的书籍和 CD 的问题。像这样发挥类似于会客厅、医务室、图书馆的功能，我想也是喫茶店的重要职责。

虽然这样做是对一部分客人的“特殊对待”，可能会破坏“客人”这个整体，还可能引起一些客人的不快，但也有不少人因为这些小小的共鸣而露出笑容。每天这样感受真实的生活，让人无比快乐。

咖啡若非与书相伴，我简直无法想象。——文艺评论家 植草甚一

喫茶店和阅读的关系就是这样斩不断。

让咖啡更好喝——书的作用

文・大坊咖啡店店主 大坊胜次

可以说，咖啡豆的味道是通过烘焙释放出来的。

关于烘焙，我简单为大家解释一下。咖啡豆的烘焙度越深，酸味就越淡，接近于 0。我们暂且将此时的烘焙度设为 7，深度烘焙带来的甜味也会在这个值附近产生。

烘焙度到 7.5 左右，甜味更浓，味道也会更厚重。 < 苦甘 >

烘焙度在 6.5 左右，就是带有酸味的微甜。 < 酸甘 >

咖啡豆不同，适合的烘焙度和烘焙方式也各不相同。比如，想要留下若有若无的酸味，让苦味更淡，凸显甜味，那么烘焙度在 6.8 左右为好。通过嗅觉来控制烘焙度微妙的差异，虽然不太好把握，但也是一种乐趣。

*

在连句[①]诗集《歌仙》的《新酒卷》中，有这样的起句和承句：

---

①明治时代之后，俳谐连歌的发句（第一句）独立的部分被称为俳句。为了与此区别，人们便将两句以上的俳句称为连句。

响声应是新酒澄　夷斋

木门吱呀美味秋　流火

夷斋即石川淳，流火是安东次男，他们分别是客人和主人，此外还有大冈信和丸谷才一，一共四位歌仙。这个承句很妙，倒酒的声音和木门的吱呀声别有味道。接下来是这样的：

草译梦露五万钱　才一

重重落下檐上雪　信

读到此处，感觉真是妙极了。即便作者疏于连句或不解其规则，但仍可参照前人所作之词转调续作，这种微妙叠加的紧张刺激感着实让人兴奋。

*

每种咖啡豆都有适合它的烘焙度。比如埃塞俄比亚的耶加雪菲，烘焙度为7.2时，色香都已属于“苦甘”的范畴，但同时又留有“酸甘”（当然6.8的味道也很好）。

同样是产自埃塞俄比亚的咖啡豆，“Jeljelzu”的烘焙度达到6.8时酸味就已经很淡了，此时轻柔的甜味会蔓延开来。此外，也门的一种咖啡豆在烘焙度为6.5左右时酸味柔和，苦味若隐若现，但甜味会把这些味道包裹起来，有时刚刚尝到，甜味就倏然消失了。很多人在品饮这种咖啡时，会形容它“像纱一样”“像绫罗一样”。

烘焙度在 7 上下浮动时，咖啡豆会产生不同的风味。通过实验控制咖啡豆的烘焙度以及口感、风味的变化是一种难得的乐趣，虽然这个过程也常常伴随着痛苦。

*

雨

南风送来了温柔的女神。
沾湿了青铜，沾湿了喷泉，
沾湿了燕子的翅膀和它金色的羽毛，
沾湿了潮水，沾湿了沙子，沾湿了鱼儿，
静静地沾湿了寺院、浴池，还有剧场。
这安静又温柔的女神队列，
也沾湿了我的舌头。

这是西胁顺三郎[1]的一首诗，最后一行，倏地感受之后又很快消失，这样的感觉真是美妙。

*

虽然还想举出更多的比喻，不过还是就此搁笔吧。

《歌仙》……石川淳等　青土社

《ambarvalia》……西胁顺三郎　椎木社

---

①西胁顺三郎（1894 ~ 1982），日本诗人、英国文学研究者。他是昭和初期新诗运动的先驱，作品具有超现实主义的抒情风格。著有诗集《谷物祭》《旅人不归》等。

第 3 章

风格各异的咖啡空间

37

Enseigne D'angle

原宿店

原宿

“Enseigne D'angle” 在法语中意为“拐角处的招牌”，和店名一样，这家店隐藏在原宿安静的小巷一隅，一栋老旧大楼的半地下空间。古老的外墙上爬满了常青藤，叶片摇曳，挂在墙上的红色咖啡壶十分醒目。沿着楼梯走到地下，等待你的是一个幽暗的空间。

Enseigne D'angle 给人的印象就像是法国乡村的一间小房子。敦实的房梁下，店主巧妙地利用石灰墙和柱子将空间分隔开，构建出多个舒适的小空间。灯具柔和的阴影，高端花店送来的玫瑰，让这里呈现出一种“成年人避难所”的色彩。

无论是下雨的午后在窗边听雨，还是秋夜漫漫时和朋友在灯下被咖啡氤氲的热气包围，在这里度过的时间总是沁人心脾。一家好的喫茶店会让五感充分体会到季节的魅力。

Enseigne D'angle 诞生于 1975 年。店主林义国先生与建筑设计师松树新平先生一起创建了这个空间。虽然位置难找，但开业不久即声名鹊起，成为法式喫茶店的代表，风靡一时。

经过深度烘焙的陈年豆用法兰绒冲泡，尽显苦味的魅力，想专心读书时来上一杯再好不过。又冰又甜、上面漂着鲜奶油的咖啡名品“琥珀女王”同样以陈年豆富有力道的苦味为基调。

开业之初，市面上流行的是味道清淡的浅度烘焙美式咖啡，Enseigne D'angle 的深度烘焙咖啡与之形成鲜明对比，引领着当时的时代风潮。另外，店内厚重的空间设计体现了一种清晰的世界观，成为此后许多喫茶店的设计范本。有几位曾经在 Enseigne D'angle 做过学徒的人后来自立门户，开了自己的喫茶店，这些店铺大都沿袭了松树新平的设计风格，并且继承了深度烘焙法和法兰绒滴漏法，深受客人们喜爱。

现在，创始人林先生主要在 1985 年开业的 Enseigne D'angle 自由之丘店工作。店内的灯具和橱柜都是货真价实的新艺术运动时期的古董，风格奢华。

在原宿店的吧台上放着林先生年轻时的照片。客人们说“每次来到这儿都感觉很舒服。”

听现任原宿店店长新名先生说，林先生要求店员们的言行举止要像高级酒吧的服务生那样从容得体——视线要远近兼顾，不仅要留意店内的整体情况，当有客人想聊天时也要愉快地给予回应；避免发出不必要的杂音，点单繁忙时，也要尽量不让餐具发出声响，破坏店内的平静。

历经 35 年，店里的白色外墙已有了琥珀色的痕迹，而复古的实木地板从开业至今依然完好无损，从未修理过。店内的氛围随意自在，但店家的态度却毫不松懈，或许是凭借着创始人一如既往的坚定意志才做到的吧。

menu

混合咖啡	550 日元
各种单品咖啡	700 日元起
奶泡咖啡	700 日元
奶茶	600 日元
乳酪蛋糕	500 日元
咬先生三明治	700 日元

Enseigne D'angle 原宿店

カフェ アンセーニュ ダングル はらじゅくてん

东京都涩谷区千驮谷 3-61-11

Tel 03-3405-4482

10：00～23：00，无休息日

JR 原宿站竹下口，步行 4 分钟

map…p184-33-a

38 Kaffa Bunna 六本木

menu

各种混合咖啡	630 日元
各种单品咖啡	950 日元起
欧蕾咖啡	740 日元
琥珀女王	840 日元
红茶	790 日元
巧克力慕斯	550 日元

Kaffa Bunna　カファブンナ
东京都港区六本木 7-17-20，明泉大楼 2F
Tel 03-3405-1937
平日 12：00～22：00，周六 13：30～22：00
周日及节假日 13：30～19：00，无休息日
地铁六本木站 2 号出口，步行 3 分钟
map…p180-18

在六本木的小巷中有一家喫茶店，几十年来一直静静地守望着街头变迁，它就是创业于 1972 年的“Kaffa Bunna”——一家具有里程碑意义的老店。当年，Kaffa Bunna 率先采用了当时初出茅庐的建筑师松树新平的喫茶店空间设计，并且最先选用烘焙坊“鸡尾酒堂”的咖啡豆制作法式烘焙咖啡。

可以俯瞰街道的窗边座位，年头已久的吧台，让人平心静气的长椅……这富于变幻的空间走过了 40 多年，依然魅力不减。

“喫茶店是日本特有的文化。”店主能势显男先生说。他站在吧台后，正一边用法兰绒冲泡咖啡，一边和客人愉快地交谈，也许他会聊聊最近特别感兴趣的美国黄金年代的电影音乐吧。

39

Café Trois Chambres

下北泽

走上楼梯，面前呈现出一个暖色调的空间，这就是位于下北泽的“Café Trois Chambres”。白色的石灰墙和北美黄杉木吧台都因岁月的沉淀，染上了浓浓淡淡的焦糖色。

店里那一张张靠背镂空的藤椅造型独特，令人印象深刻。

“我们一直很小心地使用这些藤椅，但也翻新过四次了，现在连修理店都关门了。”店主松崎宽先生说。他曾在神保町的喫茶店“三轮”学习过 3 年，后来自立门户，于 1980 年开了 Café Trois Chambres，店名很有趣，意为“三个房间”。

因为位于下北泽这个文艺之地，演员和音乐人经常来这里写作和讨论工作，为这里带来了独特的艺术气息。

menu

各种混合咖啡	550 日元
各种单品咖啡	700 日元起
奶泡咖啡	750 日元
啤酒	750 日元
蛋糕套餐	850 日元
肉桂吐司	400 日元

Café Trois Chambres
カフェ トロワ シャンブル
东京都世田谷区代泽 5-36-14，汤浅大楼 2F
Tel 03-3419-6943
9：30 ~ 23：00，无休息日
小田急线下北泽站南口，步行 3 分钟
map…p179-07-b

CAFÉ TOUJOURS DÉBUTER

40

五反田

东京街头，电车站前的街道几乎被餐饮连锁店占据。在五反田这种感觉尤其强烈，因而每次从电车车窗看到挨着铁路线的“CAFÉ TOUJOURS DÉBUTER”那小小的红色遮阳棚，一瞬间喉咙和内心仿佛都被滋润了，那正是都市中难得的“隐秘之所”的标志。沿着楼梯走下去，迎接客人的是如书斋一般的温度和湿度。

推开店家大门，迎面就是吧台，左右两侧各有几个小房间。如果想几个人安静地聊天，建议去石灰墙深处的右手边；若是想两个人亲密地交谈，那么请去左手边，这边颇有小书

menu

混合咖啡	600 日元
各种单品咖啡	800 日元起
冰拿铁咖啡	700 日元
啤酒	750 日元
巧克力蛋糕	500 日元
帕尼尼	850 日元

CAFÉ TOUJOURS DÉBUTER
カフェ トゥジュール デビュテ
东京都品川区东五反田 5-27-12，扇寿大楼 B1F
Tel 03-3449-5491
周一至周五 12：00 ~ 22：00
周六、周日及节假日 12：00 ~ 18：00
不定期休息
JR 五反田站东口，步行 2 分钟
map…p180-16

斋的意趣。日常琐碎的烦恼似乎都不会追到这里来。

苦味适度的咖啡选用的是来自咖啡豆烘焙坊“鸡尾酒堂”的陈年豆，以法兰绒萃取而成。若想随便吃点儿东西，不妨试试香喷喷的帕尼尼，这可是店里的人气之选。

店主秋山和广先生年轻时对法式喫茶店非常感兴趣，频繁出入各家名店。后来，他自学了咖啡制作技术，于1986年开了这家店，店名意为“永远的开始”。

店里的光线和阴影富于变化，给人一种安心感。幽暗的灯光打造出深沉的平静，年长的客人尤其偏爱这样的氛围。

41

Café Belle Equipe

白金高轮

One for the road——回家路上的一杯咖啡。“Café Belle Equipe”的招牌上写着这样一句话，似乎隐藏着什么故事。

面朝小巷的凸窗上摆放着制作冰滴咖啡的器具和几本书。推开大门，面前是仅有四个座位的吧台和两张餐桌。第一次来到这种狭小密闭空间的人或许会感觉有些压抑，不过间隔开的吧台座位和餐桌舒缓了这种紧张感，完全可以在此放松地细品慢饮。

Café Belle Equipe 的咖啡是用低温热水冲泡、以法兰绒萃取而成的，风味清新。单品咖啡的种类非常丰富，还可以

自选小杯的浓厚黑咖啡。问了一下店主柊丰先生有何推荐，有些意外的是他建议我尝尝维也纳咖啡。

“我一直觉得，调制花式咖啡才能考验一家喫茶店的真本事。”

花式咖啡就像酒吧里的鸡尾酒，用心呈现出咖啡的苦、砂糖的甜，加上入口即融、足量打发的鲜奶油。集合了这三点的维也纳咖啡与传统风味略有不同，是已经“进化”的 21 世纪的味道。假如您在品咖啡时觉得肚子饿，不妨尝尝店里自制的烤猪肉三明治，一定会让您大快朵颐。

柊丰先生在 20 几岁时曾尝试过各种职业，一次偶然的机会，他在 CAFÉ TOUJOURS DÉBUTER 得到了工作的机会，经过一段时间他逐渐意识到，开喫茶店就是自己的理想。在意式餐厅工作了几年后，柊丰先生终于在 2007 年开了自己的店。

柊丰先生并不是热情开朗的类型，但店里却有不少回头客，这大概是因为他深谙吧台服务之道。暮色降临后，这家喫茶店会变身为威士忌酒吧，客人们坐在吧台聊着各种话题，其乐融融。

让回家路上的人得到心灵的休憩正是喫茶店和酒吧共通的作用。“今天可真倒霉。”——即便如此，客人也能在店里笑着结束这一天。

吧台的工作就是以咖啡或酒为媒介，倾听客人的心声。

“为什么吧台的台面都这么厚重呢，那是为了——无论是快乐还是烦恼，吧台都能够稳稳地承接住客人的心情。”

通过柊丰先生和小小的吧台，客人之间生出了许多缘分。正如 Café Belle Equipe 在法语中的意思“良友”，能让人打开心扉的喫茶店也会成为人生的良友。

menu

混合咖啡	550 日元
单品咖啡	700 日元起
维也纳咖啡	650 日元
酒类	800 日元起
南瓜布丁	450 日元
烤猪肉三明治	750 日元

Café Belle Equipe

カフェ ベル エキップ

东京都港区白金 1-14-4

Tel 03-6659-7422

平日 12：00～23：30，周六 13：00～23：30

周日及节假日 13：00～21：00

每月第一、第三周的周日休假

都营三田线白金高轮站 4 号出口，步行 3 分钟

map…p180-17

第 4 章

充满魅力的喫茶店名品

42

BERG

新宿

一家自助式的小快餐店——如此小看“BERG”的人最后都会大跌眼镜。快捷、便宜、好吃，在这家小店，看起来普普通通的食物却集合了这三个理想要素。店员会自豪地向客人介绍餐单上每一道餐品的原料和特色。

BERG 希望为客人提供“每个人每天都能安心食用的东西”，店里的每一道餐品都非常有人气，但最经典的还要属 BERG 热狗。热狗只是由面包和香肠组成的一种很简单的食物，但 BERG 的热狗是由资深面包师傅和香肠师傅同店家携手开发的，让人百吃不厌。不添加防腐剂的天然酵母面包香气扑鼻，香肠紧实而有嚼劲，职人的手艺与坚持支撑着令人惊异的低价。

BERG 位于新宿站的地下检票口旁，周围是熙熙攘攘的人流。店铺只有 50 平方米，货架上摆满了商品，餐单选择多样。店门口摆放着明艳的鲜花，墙上展示的是年轻摄影师的作品……来到 BERG 就能感觉到，这是一家无法模仿的店。

每天一开始营业，立饮[1]桌和座席各半的店内很快就会挤满人，最拥挤的时候简直和通勤高峰时段的电车没什么两样。只不过，满载的电车上全是面带无奈去上班的人，而 BERG 的客人们却心平气和地忍受着这样的拥挤，慢慢地喝着咖啡或啤酒，在新宿的喧闹中小憩。

“以乐享支持这家小店”——有了这番心意，客人们便会有意识地互相谦

①立饮源自日语中的“立ち飲み”，意为站着喝。客人站着进餐和闲聊的“立饮屋”在日本很常见，以小酒馆和快餐店居多。

让，化解拥挤带来的尴尬。BERG 更广为人知的，还有他们在面对新宿车站大楼提出的不合理撤店要求时表现出的毫不退让。

当时，为了支持小小的 BERG 继续经营，有超过 15000 名热爱这家店的客人参与签名请愿。签名请愿书已提交给车站大楼，但是到目前为止，问题依然没有完全解决。BERG 在官方网站上将事件原委和进展逐一告知客人，读着不禁想起村上春树在耶路撒冷文学颁奖礼上那段感人至深的演讲："在一堵坚硬的高墙和一只撞向它的鸡蛋之间，我永远会站在鸡蛋的一边。"

个体经营的喫茶店是最易碎的"鸡蛋"，而 BERG 试图"孵化"理想的态度照亮了守望者的心。

说到鸡蛋，BERG 选用的是来自小林养鸡农园的散养柴鸡蛋，那里的母鸡吃的是农园自制的纯天然饲料，产的蛋特别好吃。

"有些东西，只有自己一步步走过街道，才能真切看到。"这并非纸上谈兵，而是长年坚持在第一线工作、与客人一起守护着 BERG 的店长井野先生的切身体会，也只有他说出这番话才具有说服力。井野先生的父亲在 1970 年开了这家喫茶店，1990 年交给井野先生经营，那一年他正好 30 岁。

井野先生最得力的搭档是副店长迫川尚子女士。迫川女士不仅有丰富的餐饮业从业经验，同时还是一名摄影师，她经常游走在新宿街头，在光影世界中捕捉新宿的气息。正如森山大道所言，她就是"新宿的弗吉尼亚·伍尔芙"。

一个街区的魅力是什么，小小的喫茶店能做什么？BERG 一直在思考这些问题，它的存在就是我们心中“喫茶店之魂”在现实世界中的展现。

menu

各种咖啡	210 日元起
各种生啤、葡萄酒	315 日元起
各种热狗	304 日元起
各种火腿、香肠	357 日元起
10 种蔬菜的凯撒沙拉	399 日元
各种蛋糕	300 日元起

BERG　ベルク

东京都新宿区新宿 3-38-1, LUMINE 新宿 B1F

Tel 03-3226-1288

7：00～23：00　无休息日

JR 新宿站东口，步行 30 秒

map…p183-31-d

menu

Deux 混合咖啡	450 日元
各种单品咖啡	480 日元起
欧蕾咖啡	500 日元
乳酪蛋糕	350 日元
咬先生三明治	450 日元
迷你焗饭	450 日元

43

Café Deux

目黑

法国传统咖啡馆中的经典——咬先生三明治是“Café Deux”的人气餐品，前一代店主在巴黎学到了这道三明治的制作精髓。这只是一道很简单的料理，但 Café Deux 赋予了它令人不可思议的口感，轻柔温软，似乎会融化在舌尖，从面包边缘流出的乳酪金黄诱人，不愧是名品。

咬先生三明治在法语中叫作“Croque monsieur”，croque 指咬下去时清脆的声音，monsieur 即绅士。不过，Café Deux 的这位“咬先生”可是位沉静的绅士。

“美味的秘诀是选用上乘原料。先在吐司表面涂上厚厚的黄油，再夹上火腿、荷兰进口的高达乳酪，用烤箱烘烤。这

Café Deux　カフェ ドゥー
东京都品川区上大崎 2-15-14
Tel 03-3444-6609
周一至周六 9：00～22：00
周日及节假日 13：00～21：00
JR 目黑站东口，步行 2 分钟
map…p180-15

道三明治和咖啡是绝配。”第二代店主嵯峨先生说。

如果客人们看到 1972 年 Café Deux 刚开业时刊登在时尚杂志《ANAN》上的照片，一定会为它时尚的都市风格惊叹。现在的装修风格一如往昔，只是白墙染上了重重的烟草色。

嵯峨先生在 1996 年接手了这家店，成为店主。他从学生时代起就在这里打工，为人体贴周到，深受新老顾客喜爱。

关于 Café Deux，还有一段逸闻。听说，有一位年轻人深爱着这家温暖的店，在一个寂静的夜晚，由于囊中羞涩，他便只是静静地站在楼前的小巷中，抬头看着二楼亮着的灯，吸完一支烟才走。这样的故事让喜欢喫茶店的人们感慨万千。

44

夏之扉

青梅

蔬菜咖喱是“夏之扉”的人气餐品，香料的味道搭配得恰到好处。有机洋葱经过长时间炖煮，就成了甘甜醇厚的底料，客人点单后，再将应季蔬菜炒好，和各种香料一起加入其中，咖喱就做好了。

搭配糙米饭，咖喱会变得更好吃。米饭口感蓬松、黏糯，稻香浓郁，所用的大米全部产自秋田县的小野自然农园。这家农园采用无农药的稻鸭农法①种植水稻，大米都是自然晾晒风干的。

店主山田夫妇并不刻意宣传这些，这是二人自经营有机餐厅起就一直秉承的理念。与其严格遵循有关食材和料理的各种所谓完美的标准，他们更希望一边悠然自得地享受生活，一边给大家做好吃的东西。1989 年，夫妇俩以海因莱因②的科幻小说《夏之扉》为名，开了这家喫茶店。

店铺招牌和许多店内摆件上都有一只小猫，那是《夏之扉》中主人公的爱猫佩特。店面所在的这栋建筑以前是一家耳鼻喉诊所，一些上了年纪的客人会满怀回忆地说：“我小时候就是来这里看医生的。”窗边的风景和嘎吱作响的木地板都让人回忆起昭和初期的风貌。

坐在窗边的长椅上实在惬意，眺望着在摇曳的翠色中出现又缓缓远去的电车，就像是在和小猫佩特进行一次时光旅行。

menu

咖啡	400 日元
印度奶茶	500 日元
各种啤酒	600 日元
自制蛋糕	350 日元
蔬菜咖喱（附沙拉）	800 日元
烤三明治	500 日元

夏之扉　なつへのとびら
东京都青梅市住江町16　Tel 0428-24-4721
10:00 ~ 18:00，周二休息
JR 青梅站，徒步 5 分钟
map…p179-01

①也称稻田养鸭、稻鸭共作，利用鸭子旺盛的杂食性和活动特点，除掉稻田内的杂草和害虫、疏松土壤、浑水肥田，生产出无公害的水稻。

②罗伯特·安森·海因莱因（Robert Anson Heinlein，1907 ~ 1988），美国著名科幻小说家，被誉为“美国现代科幻小说之父”。代表作有《星际迷航》《严厉的月亮》《银河系公民》等。

45

木偶草

吉祥寺

menu

混合咖啡	630 日元
单品咖啡	870 日元起
桂花酒	850 日元
蛋糕套餐	1030 日元
木偶草面包布丁	530 日元
木偶草咖喱饭	1070 日元

木偶草　くぐつ草

东京都武藏野市吉祥寺本町 1-7-7，岛田大楼 B1F

Tel 0422-21-8473

10：00～22：00，无休息日

JR 吉祥寺站北口，步行 4 分钟

map…p182-30-d

在东京，JR（日本铁路）中央线途经地区咖喱文化盛行，而吉祥寺的喫茶店尤以好吃的咖喱闻名。1979 年在吉祥寺开业的“木偶草”就是这样一家广为人知的店。

这里的特色是香气浓郁的欧风咖喱，以香菜为主的各种香料在刺激味觉的同时，释放出醇厚的甜味。这可是用了 20 公斤的洋葱，花半天时间炒制、炖煮后产生的味道。“洋葱要炒成焦糖色”，经常会听到这类做咖喱的小窍门，但这家店会在洋葱变成焦糖色后耐心地继续翻炒，直到它们变成八丁味噌一样的深红褐色。

这样做出来的咖喱看上去让人更有食欲，搭配用深度烘焙的老豆制作的苦咖啡，可谓绝妙。

室内设计由建筑家鲸井勇亲自操刀完成。店内昏暗幽深，厚重的大门、楼梯、天井的曲线、特别定制的椅子……所有的一切让人误以为进入了宫崎骏电影中的世界。

走过店内狭长的空间，深处是一个小庭院，柔和的阳光洒在植物上。站在这里会产生错觉，仿佛乘着一艘古旧的宇宙飞船在洞穴中软着陆，眼前一下子呈现出明亮的世界；又像是一直潜伏在鲸鱼的体内，突然看见了一望无际的海面。挂在墙上的古老的船舶专用照明灯，让这种不真实感益发强烈。

46

茶房 武藏野文库

吉祥寺

“武藏野文库”的咖喱非常有人气。各样食材和香料的美味完美地融合在一起，随意切块的土豆存在感十足，鸡肉煮得软烂，用勺子尖就能铲开。咖喱颜色发黑，这是将面粉慢慢炒过之后产生的颜色。

店主日下茂先生总是细细斟酌咖喱饭中的每一样食材。“土豆能让汤汁更浓稠，可以切得大一些、稍稍煮得酥软一些，热乎乎的时候吃最美味。我们会根据季节，选择最适合的食材，做出好吃的咖喱。”

日下先生说，食材的种类不同，需要相应地调整炖煮的时间和方式。其实，让味道始终如一是很难的。

这家喫茶店诞生于 1985 年，店名“武藏野文库”名副其实，直达屋顶的黑褐色书架上摆放着许多珍贵的旧书，墙上还挂着作家井伏鳟二的书法。这些藏品是从前位于早稻田大学前的名店“茶房早稻田文库”转让的，那里曾经聚集着众多学生和文人雅士，就像一个图书室或社团活动中心，充满了文化气息。

当年，日下先生就在那里工作。早稻田文库后来因建筑老旧停业，日下先生便接手了店里的藏书和艺术品，同时也继承了“营造舒适场所”的经营理念，在吉祥寺开创了武藏野文库。现在，店里的咖喱和柠檬蛋糕沿用的就是早稻田文库的老板留下的配方和做法，这是历经两代人、一直深受喜爱的美味。

menu

各种咖啡	550 日元起
橙子茶	600 日元
啤酒	600 日元
柠檬蛋糕	400 日元
茶房三明治（附迷你沙拉）	700 日元
咖喱饭	800 日元

茶房 武蔵野文库

さぼう むさしのぶんこ

东京都武藏野市吉祥寺本町 2-13-4

Tel 0422-22-9107

9：30 ~ 22：00，周一、周二休息

JR 吉祥寺站北口，步行 5 分钟

map…p182-30-b

menu

各种咖啡	450 日元起
各种啤酒	550 日元起
各种蛋糕	450 日元起
各种意面	950 日元起
各种自制比萨	950 日元起
各种咖喱	1000 日元起

47

大地茶房

国立

老店“大地茶房”位于国立市，店里的名品“罪咖喱”让人印象深刻。以西红柿为底料的牛肉咖喱加上一枚水煮蛋，简单却拥有一种打动人心的力量。对于女性顾客而言，大概足够两人份了。这道咖喱原本是学生们用来在新生欢迎会上做惩罚游戏的，输了的人要吃下一大盘加了很多辣椒的超辣咖喱，这就是“罪咖喱”的原型。“罪咖喱”的辣度随着人们口味不断变化，现在的味道温和而稍带刺激感，非常受欢迎。

“罪咖喱”这个名字让我想起了陀思妥耶夫斯基的名著《罪与罚》，店名也来自俄语词“родина”，即大地。这家店创业于 1954 年，那正是俄罗斯文化在日本年轻人中备受推崇

大地茶房　ロージナさぼう
东京都国立市中 1-9-42　Tel 042-575-4074
9：00～23：00，无休息日
JR 国立站南口，步行 3 分钟
map…p179-02

的时代。

创始人伊藤节先生既是一位画家，又是作家。“我的父亲看待世界的方式与周围的人不同。”伊藤节先生的儿子、大地茶房第二代店主回忆起父亲时这样说。

潇洒的伊藤节先生早在那个年代就开始到国外旅行，他将欧美的开放式咖啡馆风格带回日本，创造了大地茶房。在当时的日本，这种能够享用丰富料理的喫茶店还很罕见。

大地茶房深受山口瞳等作家和许多出版人的喜爱，不少熟客还是父子。伊藤节先生过去总是坐在一楼里侧的固定位置，同来往的客人们打招呼。

“店里还飘荡着父亲留下的浓郁气息。我希望保护好这个‘小宇宙’，把这家店开下去。”现任店主说道。

48

七森

高圆寺

“欧姆饭”是喫茶店“七森”的一道人气美味，是由在这里工作了20多年的店员原创的和风蛋包饭。蛋皮中包裹的不是普通的鸡肉炒饭，而是特制的什锦饭。把牛肉、牛蒡、竹笋、金针菇用酱油和糖煮成甜咸味，拌到白米饭里，就产生了令人惊喜的怀旧美味。再配上煎得松软金黄的蛋皮，堪称完美！你可以用勺子只盛取什锦米饭细细品尝，也可以把软嫩的鸡蛋和米饭一起送入口中，享受丰富的口感。

七森从1978年开始经营，早已成为高圆寺地区的一处小小“名胜”，深受大家喜爱。店铺原本是由老式长屋[①]中的一间改造而成，不过现在两旁相邻的花店和书店都已拆除，只有七森如同折翼的天使一般，孤单地立在那里。

七森的店名取自宫泽贤治作品中屡屡出现的理想之乡“IHATOV”中的地名。店主松泽先生收藏的昭和30年代的古董灯具和酒红色椅子营造了厚重的空间感。店里舒适自在，坐在这儿，只想点上一杯手冲咖啡，一边享用一边静静阅读。不经意地抬起头看看屋顶，会看到绕在电瓷上的电线，让人想起宫泽贤治的童话《月夜的电线杆》中的梦幻诗情。

menu

各种咖啡	485日元起
各种红茶	485日元起
香蕉果汁	645日元
各种自制蛋糕	455日元
各种咖喱（附汤·沙拉）	1085日元
欧姆饭（附汤·沙拉）	1085日元

七森　ななつもり
东京都杉并区高圆寺南2-20-20
Tel 03-3318-1393
10：30～24：00，无休息日
JR高圆寺站南口，步行10分钟/地铁新高圆寺站2号出口，步行3分钟
map…p182-28-c

---

①长屋是京都和大阪一带比较普遍的一种传统住宅形式，大约以2间（约4米）的宽度为一户，连续排列而成。

49

Cafe 香咲

外苑前

简简单单的一道松饼，仿佛是刚刚用窗边的阳光烤好的。手握餐刀从正上方切下，松饼酥软的表面裂开，可以听到微微的声响，接着刀身便进入了湿润的松饼中。微咸香浓的黄油、甜味柔和的糖浆、丝滑醇厚的鲜奶油，共同衬托着香喷喷的松饼。

“Cafe 香咲”的松饼都是现点现做的，因此要耐心等待，不过新鲜出炉的松饼确实格外好吃。制作松饼的原料配比经过了反复实验，用的是独家配方。

店主岩根志津子女士于 1984 年开了这家店，凭借外观朴实却自然美味的甜点远近闻名。其实，香咲最初是一家主打法兰绒手冲咖啡的喫茶店。后来，店里搭配咖啡的曲奇大受欢迎，于是原本就喜欢烘焙的岩根女士便把更多的精力投入到了甜点制作中。

甜点的甜味，深度烘焙老豆咖啡的苦味，能够将此二者以同样的高水准呈现在客人面前，正是香咲的魅力所在。店里的特别座席是宽松舒适的吧台座，因为烤箱中的香气正好会飘到吧台。坐在这里，鼻尖会感受到那些甜美而感伤的气味分子，充满了幸福感。

menu

各种混合咖啡	650 日元
各种单品咖啡	900 日元起
各种红茶	650 日元起
松饼	680 日元
司康饼	450 日元
各种蛋糕	450 日元起

Cafe 香咲　カフェかさ
东京都涩谷区神宫前 3-41-1
Tel 03-3478-4281
周二至周五 11：30 ～ 20：00
周六、周日及节假日 11：30 ～ 17：30
周一休息
地铁外苑前站 3 号出口，步行 7 分钟
map…p184-33-d

50

café-terrace WACO

人形町

“café-terrace WACO”的松饼不愧是人气之选。用铜板和圆形模具煎制而成的松饼色泽均匀，金黄焦香，实在好看。每当客人点单，店员都会从打蛋开始，一步一步精心制作。

“要说松饼，我儿子做得最好了。”店主和气先生自豪地说。1970 年，他把原来的食品店改造成了喫茶店，全家人一起打理。从西装革履的商务人士，到衣着休闲的男女老少，在氛围温暖的 WACO，时时可以看到各种悠闲的身影。外墙贴着红色瓷砖，橱窗里摆着漂亮的样品，这正是那个时代正统喫茶店的风范。

※ 本店已闭店

menu

各种咖啡	380 日元起
各种红茶	380 日元起
各种松饼	450 日元起
各种刨冰	550 日元起
各种吐司	350 日元起
各种意大利面	550 日元起

café-terrace WACO
カフェテラス ワコー
东京都中央区日本桥人形町 2-6-4
Tel 03-3666-7631
9：00 ～ 21：00，无休息日
地铁人形町站 A3 出口，步行 30 秒
map…p181-23

51

备屋咖啡店

惠比寿店

惠比寿

menu

备屋流咖啡	735 日元
抹茶欧蕾咖啡	735 日元
戚风蛋糕套餐	1050 日元
各种甜品	735 日元起
各种炖菜（附面包或米饭）	2100 日元起
煎肉饼（附面包或米饭）	1260 日元

备屋咖啡店 惠比寿店
びんやコーヒーてん えびすてん
东京都涩谷区惠比寿 4-4-11　Tel 03-5488-1651
周一至周六 11：00～21：00
周日及节假日 11：00～20：00，无休息日
JR 惠比寿站东口，步行 3 分钟
map…p180-14-b

“备屋咖啡店”的招牌料理是炖牛脸肉。牛脸肉首先要用葡萄酒浸泡一晚，之后放入浓厚的酱汁中，和切成大块的蔬菜一起咕嘟咕嘟地炖煮。冒着热气的炖牛脸肉与烤得焦黄的面包搭配，相得益彰。

这里的咖啡选用的是来自伊豆高原大室山山麓的新鲜烘焙咖啡豆，每一杯咖啡都是现磨的，以专业的手法冲泡而成。您可以一边欣赏手中精美的杯子，一边慢慢享用。

出自欧洲名窑的咖啡杯，棕黑色的古典风格内饰……在惠比寿一带，备屋咖啡店有一种难得的从容姿态和非凡气度。

52

Ken's 咖啡店

东银座

menu

各种混合咖啡	800 日元起
各种单品咖啡	850 日元起
杯装红酒	780 日元起
各种蛋糕	430 日元起
蜂蜜吐司	580 日元
各种意面	880 日元起

Ken's 咖啡店　ケンズコーヒーてん
东京都中央区银座 3-12-19，里垣建筑 2F
Tel 03-3248-5285
周二至周六 10：00～22：00
周日及节假日 11：00～21：00，周一休息
地铁东银座站 A7 出口，步行 5 分钟
map…p183-32-c

"Ken's 咖啡店"中餐品使用的蜂蜜很特别，是蜜蜂从离此不远的皇居周边采集来花蜜、酿制而成的。大受欢迎的"蜂蜜吐司"用的就是这难得一见的银座产蜂蜜，再搭配上冰淇淋和鲜奶油。切成厚片的庞多米①经过烘烤，涂在表面的金黄色蜂蜜会慢慢融化，渗入吐司中。请配搭法兰绒手冲咖啡慢慢享用这道名品吧。

Ken's 咖啡店是 2007 年开业的，店主本人就是咖啡迷。在这里，连午饭套餐中的冰咖啡都是现做的，每一杯咖啡单独冲煮好后，再倒在装有冰块的杯子里。一丝不苟的味道和女店员细致入微的服务让这家店极具魅力。

如果预先知道有这样一家喫茶店，店里红色的大沙发正等待着你，那么走在银座的大街上也会更加愉快吧。

---

①源自法语中的白吐司（Pain de Mie）一词，比一般面包做法复杂一些，口感轻柔绵软。

53

咖啡专门店 论

涩谷

日本喫茶店的名物——拿波里意面是一种独特的料理，自诞生起便开始了独立式的“进化”。如今，日本拿波里意面的口感已经和劲道的传统意面没有多大关系了，面条上包裹着浓郁的番茄酱，吃起来像乌冬面一样有弹性，真想让创造了拿波里意面的那不勒斯人也来尝尝。

“论”已经经营了 40 多年，一直受到涩谷商务人士的热情支持，每到午餐时间，宽敞的店内总是一派热闹景象。

浓厚的番茄酱，炒过的洋葱和青椒，加上香肠和青豆，这就是完美的拿波里意面。至于餐单上的“意式意大利面”，据说是椒盐味的。

※ 本店已闭店。

menu

各种咖啡	400 日元起
咖啡 · 论	480 日元
果昔	600 日元起
拿波里意面	650 日元（附咖啡 · 800 日元）
各种三明治	600 日元（附咖啡 · 750 日元）
咖喱饭	650 日元（附咖啡 · 800 日元）

咖啡专门店 论

东京都涩谷区道玄坂 1-10-7，
五岛育英会大楼 B1F
8：30～20：00
JR 涩谷站西口，步行 5 分钟
map…p184-33-i

54

Windsor

东京站

每天一早就开店、为客人提供早餐服务的喫茶店越来越少了，幸好位于东京站前的“Windsor”还在坚持经营。这家老店以精美的晨间套餐远近闻名。

除早餐外，Windsor的三明治也是东京站的名品。松软的吐司中夹着火腿、乳酪、鸡蛋和黄瓜，都是手工精心制作的。托盘中附带的小碗里装有水果和肉丸，让人回想起早年的美好时光。

Windsor开业于1964年，恰好是东京举办奥运会的那一年。店里造型帅气的红色座椅还与当年一般无二。

※ 本店已闭店。感谢那些美好的时光，难忘。

menu

各种咖啡	500日元起
各种鲜榨果汁	550日元起
啤酒	500日元
各种蛋糕	300日元起
三明治	520日元
早餐套餐	650日元

Windsor
东京都中央区八重洲1-5-10
7：00～23：00
JR东京站八重洲北口，步行3分钟
map…p181-19-a

第 5 章

神田・神保町
古书街上的喫茶店

55

SABOR

神保町

味の珈琲屋
さぼうる

味の珈琲屋
さぼうる

神保町是日本喫茶店界的中心，许多经营了几十年的老店就聚集在这条古书店街上。感觉每去一次，体内的那颗“咖啡心”就会得到一次净化。喫茶店的生命在这里得到了不断延续。

在神保町的众多喫茶店中，“SABOR”已成为一个必访之地，盛名远播。无论男女老少，从各地慕名而来的探访者络绎不绝。

1955 年 SABOR 开业时，店内种下了一棵雪松，现在这棵树的枝条已经高过了屋顶。大门两旁立着两尊小石狮子，就像是图腾柱。店内右侧的壁炉被当成了一个小小的供台，上面摆着来自日本各地的玩偶和乐器，都是喜爱这家喫茶店的客人们送的礼物。

客人们的涂鸦贴满了墙面，这也许和在神社张贴“千社札”①的心理一样吧。涂鸦中还有不少名人的签名。

一楼、跃层、半地下，复杂且富于变化的空间为作家和电影人带来了灵感，SABOR 不仅是他们创作的地方，也是拍摄地。电影《东京日和》中就有 SABOR 的一个镜头，那在逆光中的剪影如同白日梦一般意味悠长。

关于店名，流传甚广的说法是来自日语的“逃班、逃课”，其实 SABOR 源自西班牙语的“味”。在 SABOR，无论是逃班、逃课的人，还是勤勉的人，都能舒服地共处。不知何时，这个名字成了有趣的双关语。

SABOR 的名品是每天上午 11 点前限定提供的加了花生酱的早餐咖啡，还有分量十足的吐司拼盘。而我要向大家特别推荐的，是用草莓和香蕉等水果及碎冰做成的鲜果汁。

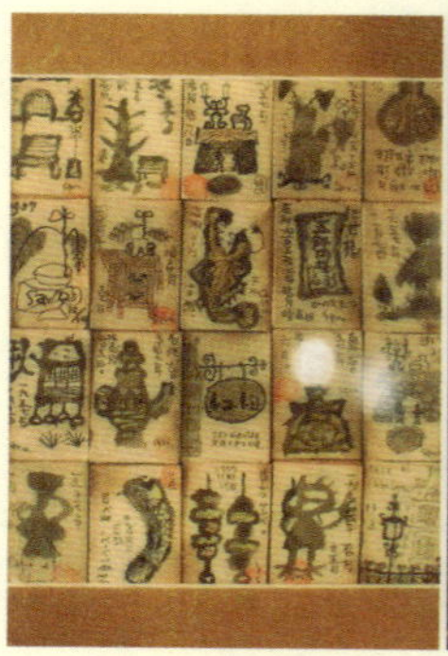

店主铃木文雄先生笑眯眯地说：“这几年我的身

①参拜神社时，可以在名为“千社札”的贴纸或木片上写下自己的名字和住址作为留念，贴在规定的地方。

高好像每年都会缩 1 厘米，不过，在店里这些充满回忆的东西的守护下，我会继续把店开下去。”“我没有孩子，这家店就像是我的孩子一样。”

铃木先生年轻时在京桥地区的餐厅当过服务生。有一天，友人三浦守先生对他说：“我想开喫茶店，你来帮帮忙吧。”铃木先生接受了邀请，原本只打算干几个月，在 SABOR 步入正轨后就退出，却没想到由此开启了自己在神保町的生活。

店内墙壁上的相框中展示着许多火柴盒画，那是创始人三浦先生的作品，那时他每天能画好几幅。

“当年有的熟客喜欢收集店里的火柴盒，后来把它们卖到了旧书市，几十年后又被其他客人发现，买下来送给了我们。”

创始人三浦先生在 SABOR 开业 4 年后选择离开，而铃木先生在此后的 50 多年一直守护着 SABOR，甚至成了代表神保町的人物，深受大家爱戴。如今已经 80 多岁的铃木先生眼神依然敏锐，接受采访时，他背对着暖炉，目光从未离开门口，时而同来来往往的客人们打招呼，时而指示店员该注意什么，从容镇定，果然名不虚传。

“喫茶店里是有梦的，是用几百日元就能买到的梦。大家一定要来神保町的喫茶店转一转啊。”

menu

咖啡	400 日元
各种鲜果汁	500 日元
生啤	580 日元起
香草冰淇淋	550 日元
混合吐司	450 日元
各种三明治	550 日元起

SABOR　さぼうる
东京都千代田区神田神保町 1-11
Tel 03-3291-8404
周一至周六 9：00 ~ 23：00
周日及节假日休息
地铁神保町站 A7 出口，步行 30 秒
map…p185-34-h

56

Milonga Nueva

神保町

20世纪50～60年代，探戈音乐妩媚的节奏撩动着人们的心，也让探戈喫茶店风靡一时。

探戈喫茶店“Milonga Nueva”诞生于1953年。通往店铺的小巷极窄，下雨天两个人撑着伞只能勉强擦身而过。古旧的砖墙被雨淋湿后，看上去平添了几分情趣。这家店与同是红砖建造的怀旧喫茶店“LADRIO”相对而立，再现了探戈名曲《米隆加啜泣时》(Cuando Llora La Milonga）中描绘的别样风情。

打开店门，眼前是一个宽敞的空间。玻璃柜里摆着年头已久的演奏探戈音乐用的班多钮手风琴，墙上挂着著名演奏家的黑白肖像照。从奥特·蓝星音响中流淌出曼妙的探戈乐曲，愈加凸显了店里的沉静，宛若一座深夜的探戈博物馆。

具有多元文化象征意义的是吧台架上的500多张黑胶唱片，还有产自世界各地的啤酒。这家喫茶店原本名叫“Milonga”，1995年新店主接手后，店名中便加入了意为“新”的“Nueva”一词，于是就有了如今的“Milonga Nueva”。数十种进口啤酒和炭火烘焙咖啡也是在那时引入店中的。

几十年来，熟客和探戈音乐爱好者常常聚集于此，也有不少年轻人喜欢在这宁静的空间翻看旧书、喝啤酒。此外，许多商务人士会在午餐时间光顾。可以看出，Milonga Nueva 并非单一的复古喫茶店。就像大提琴演奏家马友友复活了“探戈之父”皮亚佐拉的探戈音乐一样③，探戈喫茶店也会在新时代“复活”吧。

menu

各种咖啡	600日元起
可可	700日元
各种进口啤酒	600日元起
当日蛋糕	400日元
墨西哥什锦菜	850日元
Milonga 比萨	800日元

Milonga Nueva　ミロンガ ヌオーバ
东京都千代田区神田神保町1-3
Tel 03-3295-1716
平日10：30～22：30，周六、周日及节假日11：30～19：00，无休息日
地铁神保町站A7出口，步行3分钟
map…p185-34-1

①指大提琴演奏家马友友的专辑《探戈灵魂》，曾荣获1999年格莱美奖“最佳古典跨界专辑”。

57 LADRIO

神保町

热咖啡上漂着冰凉的鲜奶油——这就是维也纳咖啡。用上唇感受奶油的冰冷，舌头感受咖啡的热度，实在是一种享受。因此我没有用勺子搅拌，即使奶油沾在鼻头上也不在意，一口口用心品尝。

1949 年开业的“LADRIO”是日本第一家售卖维也纳咖啡的喫茶店，由此广为人知。店铺所在的小巷中聚集着很多小型文艺出版公司。这里与对面的喫茶店 Milonga Nueva 一样深受昭和时代文人雅士的喜爱。

店名源自西班牙语，意思是“砖”。建筑采用了当时流行的半木结构，将木材和红砖组合在一起，有一种厚重感。LADRIO 的风格为后来的 SABOR 等喫茶店提供了经典范本。

2000 年，为了更好地保护这栋建筑，了不起的第一代老板娘臼井爱子女士在 80 岁引退之际，决定对店铺进行整修，矫正并加固了已出现倾斜的建筑主体，还加铺了一层地砖。所以，现在我们脚下的地面要比曾经常常光顾此店的诗人西胁顺三郎、吉冈实走过的地面高 10 厘米。

menu

维也纳咖啡	480 日元
各种红茶	580 日元
各种啤酒	400 日元起 （酒吧时间附下酒菜 · 580 日元起）
各种甜点套餐	670 日元
意面套餐	950 日元
咖喱套餐	950 日元

LADRIO　ラドリオ
东京都千代田区神田神保町 1-3
Tel 03-3295-4788
平日 11：30 ~ 22：30，周末 12：00 ~ 19：00
地铁神保町站 A7 出口，步行 3 分钟
map…p185-34-k

JINBOCHO
LADRIO

LADRIO

58

柏水堂

神保町

“柏水堂”是一家西式甜点老铺，从附近的居民到皇室成员，还有电影导演小津安二郎和作家向田邦子，都十分喜欢这家店。位于店铺内侧的咖啡室装饰着梦幻的彩色玻璃，身着复古制服的女侍者微笑着迎接前来享用蛋糕和咖啡的客人。

厨房在店铺的 2 楼和 3 楼。每天早晨，甜点师会将做好的蛋糕摆进一楼的展示柜。“贵宾犬蛋糕”上那对圆溜溜的眼珠拨动着少女的心，十分惹人喜爱。

“银”是一款加入了芳醇的朗姆酒的法式萨瓦兰蛋糕，一直恪守着从前的味道，非常受老主顾欢迎。“布里欧修”同样是人气之选，里面添加了上等卡仕达酱和柑橘，有些客人原

menu

咖啡	400 日元
各种红茶	400 日元
卡布其诺奶茶	450 日元
梵豪登可可	500 日元
糖渍栗子	230 日元
各种蛋糕	

柏水堂

东京都千代田区神田神保町 1-10
Tel 03-3295-1208
9：30～19：00
地铁神保町站 A5 出口，步行 30 秒
map…p185-34-e
全席禁烟

本不太喜欢带有酒味的蛋糕，但尝过之后也爱上了它的独特风味。

“只要稍有疏忽，味道就会变。”社长吉田浩先生说。他于 1964 年从上一代店主手中继承了柏水堂。

1929 年开业时，柏水堂原本是一家法式餐厅。店名“柏”源自创始人吉田金次郎先生的家纹“三柏”，“水”字是因为在 1923 年关东大地震时，位于浅草的吉田家的井水曾救助过许多人。

这家装饰艺术风格的喫茶店原本位于神保町的交叉路口，1972 年因地铁建设搬迁，店家引以为傲的彩色玻璃和灯具都被小心翼翼地搬到了新址，一直沿用。

※ 本店已闭店

59

CAFE TROIS BAGUES

神保町

走下一段楼梯，便进入了“CAFE TROIS BAGUES”的琥珀色阅读空间。“CAFE TROIS BAGUES”诞生于1976年，最大的特色就是设计师松树新平亲自操刀的整体设计以及用烘焙坊“鸡尾酒堂”的陈年豆冲泡的咖啡。在喫茶店风潮刚刚兴起的年代，这家店可以说是一个漂亮的范本。店铺招牌上画的三个圆环暗含深意，不仅意味着客人、咖啡、店主三者紧密相连，还代表了店主的姓氏——“三轮”。另外，法语店名“TROIS BAGUES”也是由“三轮”直译过来的。

年轻的第二代店长三轮德子女士正站在厚重的实木吧台后面招待客人。在她的母亲——第一代店长弘子女士生病后，她便接手了店铺。

menu

各种混合咖啡	500日元起
各种单品咖啡	550日元起
奶泡咖啡	700日元
雪顶奶茶	650日元
自制蛋糕套餐	700日元
奶汁焗吐司套餐	1000日元

CAFE TROIS BAGUES

カフェ トロワバグ

东京都千代田区神保町1-12-1，富田眼镜B1F

Tel 03-3294-8597

周一10：00～20：00，周二至周五10：00～21：00，周六及节假日12：00～19：00，周日休息

地铁神保町站A5出口，步行1分钟

map…p185-34-d

“母亲在经营店铺的20年间没有休息过一天。得知自己生病后，她说还是在店里最让人安心。直到去世前，母亲一直坚持在吧台工作。”

对于从儿时起就熟悉了咖啡香气的德子女士来说，喫茶店和咖啡就是生活中如同空气一般不可或缺的存在。

“这家店是母亲留下来的，能一直守着它让我很欣慰。”

她说，为了长年光顾的客人，一定要保持自家咖啡的味道，所以一直很用心的制作每一杯法兰绒手冲咖啡。

店里的名品是奶汁焗吐司，忠实地沿用了创始人弘子女士留下的配方。先将洋葱慢慢炒出甜味，加入奶油白酱炒匀，铺在吐司上，再夹入火腿、高达乳酪，放入烤箱烘烤几分钟，就可以享用松软的美味吐司了。

60

Café de Primavera

神保町

类似小教堂的拱形屋顶，黑色真皮沙发……“Café de Primavera”的风格非常独特。

石灰墙上浮现出奇妙的纹路，那是25年来被咖啡的热气与烟草熏染的。店主下村夫妇说：“石灰墙随着时间的推移，变得越来越有质感了。”

享用咖啡时，请望一望入口处的景致。窗户和大门上的雕花玻璃是来自英国的古董。透过树荫的斑驳阳光照在玻璃上，美妙无比，感觉就像是坐在万花筒里看世界。

店名中的“Primavera”一词意为“春天”。1978年店铺刚开业时原本位于猿乐町2丁目，7年后搬到了现在的位置，连同墙壁上的浮雕和所有古董都完好地移到了新址。新店的设计由MAKANBO设计事务所的石川纯夫先生负责。木材和石灰墙壁结合，屋顶要高，卫生间要明亮……店主下村夫妇当时提出的要求都完美实现了。刚搬来时种下的芙蓉已经长得很高了，随着季节变换，山茶、茶梅、紫珠等赏心悦目的花草轮番点缀着窗边的景致。

这里的咖啡选用的是烘焙坊“鸡尾酒堂”的咖啡豆，以法兰绒手冲而成，仅混合咖啡就有四种。若空腹时到访，可以点一份加了很多蔬菜的“红菜汤”慢慢享用。

menu

各种混合咖啡	550日元起
各种单品咖啡	850日元起
咖啡·金合欢	750日元
蛋糕	650日元
热三明治拼盘	1000日元
红菜汤（附面包）	1200日元

Café de Primavera
カフェ デ プリマベーラ
东京都千代田区猿乐町1-3-2，内田大楼1F
Tel 03-3295-7569
平日10：00～20：00
周六、周日及节假日休息
地铁神保町站A5出口，步行5分钟
map…p185-34-b

61

茶房 CANDLE

神保町

menu

各种混合咖啡	600 日元
各种单品咖啡	600 日元
各种红茶	600 日元
煎茶（附点心）	700 日元
本周自制蛋糕	350 日元
黄油吐司	250 日元

茶房 CANDLE
さぼうきゃんどる
东京都千代田区神田神保町 1-103，东京公园塔 1F
Tel 03-3291-6303
10：00～19：00，周日、节假日及每月第一周的周六休息
地铁神保町站 A9 出口，步行 1 分钟
map…p185-34-m

“茶房 CANDLE”是一家朴素的小店。餐单上除了咖啡，只有几种基本的饮品、蛋糕和吐司。店员与客人保持着恰到好处的距离，背景音乐沉静悦耳。这家小小的店铺背后藏着许多故事。

自 1933 年开店以来，CANDLE 受到了许多作家的喜爱。在第三代店主武富达也夫妇经营时期，自称“喜欢泡在喫茶店”的文艺评论家植草甚一先生时常到访。

我们拜访了位于摩天大楼一隅、完好再现了原店风格的新店铺。店里的椅子非常特别，椅背上刻着两个年份：1947——在历经战火的废墟之上重建的一年，2002——从老建筑迁到新址的时间。为了忠实再现老店风貌，店主连原来店内暖炉里垒的石头也原封不动地搬了过来。

匠心独具的家具、精美绝伦的铁艺烛台和枝形吊灯都是艺术家中川为延先生为 CANDLE 设计的。烛台作为店铺的象征，还被画在了店家的招牌上。整面的白墙上挂着 3 枚蓝色的代尔夫特①小瓷盘，十分引人注目，它们都是从战后的废墟中救出的宝贝。

从第一代店主武富通子女士到第四代店主，CANDLE 的烛光如同一颗火种，一直传承至今。

---

①荷兰的代尔夫特陶瓷是欧洲瓷器的先驱，源于中国青花瓷，代尔夫特蓝陶（Delft Blue）是欧洲蓝白瓷器的代表。小城代尔夫特被称为“荷兰瓷都”。

PAPER NAPKIN

62

古瀬户

神保町

“古瀬户”诞生于1988年，开业之初就得到过媒体的高度赞誉，曾被誉为“日本唯一的独创性喫茶店”。

高大的立柱上装点着绿植，墙面上画着微笑的天使。画家城户真亚子以“浮游的桃子”为主题描绘的理想之乡图景占据了整整一面墙。整个空间以欧洲古老的城市中心广场为灵感，让室内充满了通透感，明明是在室内，却让人感觉像是置身于蓝天下。

店主是热爱喫茶店的加藤高子女士。整个空间以手工制作的瓷砖为主要建材，在建筑专业出身的男主人主持下

menu

各种咖啡　525 日元起
抹茶欧蕾　680 日元
各种啤酒　580 日元
泡芙　470 日元
各种蛋糕　470 日元起
各种咖喱　980 日元起

古瀬户　こせと

东京都千代田区神田神保町 1-7
Tel 03-3294-7941
10：00～21：00，无休息日
地铁神保町站 A7 出口，步行 2 分钟
map…p185-34-j

建造完成。

“我是后现代主义的一代人，不喜欢那种注重合理性、功能性的现代设计。最初的店铺格局尤其不实用（笑）。”加藤先生说。

店里的瓷砖墙面、咖啡杯、椅背中镶嵌的瓷片，都是由店主的叔父烧制的，他在故乡濑户市经营着一家名为“美夜之窑”陶艺工房。这些美丽的陶瓷打造出了一个民间手工艺与高雅艺术共存的个性化咖啡空间。

选用“荻原咖啡”的炭火烘焙豆冲煮的咖啡和用冷水萃取的清爽冰茶，都是古濑户引以为傲的名品。餐单以咖喱为主，种类丰富，展现了日本现代喫茶店的精华。

63

壹真咖啡店

神保町店

神保町

神保町的喫茶店店名都很有特色，可以分为几类，其中一类是用西班牙语作店名的，比如“LADRIO”“Milonga”“SABOR”这三大名店，三家店都是红砖建筑风格，经营了50多年。

还有一类，店名多用汉字，比如“神田伯刺西尔”“藏”“古濑户”，还有“壹真”。

壹真是仿照店主的名字命名的，第一家店于1982年在神保町开业，现在壹真已经在银座开了第三家分店，风格华丽典雅。

“最初我们就是想在悠闲的书店街开一家喫茶店。”

menu

各种混合咖啡	600日元起
各种单品咖啡	700日元起
各种红茶	600日元起
啤酒	600日元
蛋糕套餐	1000日元
极度深烘焙咖啡果冻	600日元

壹真咖啡店　神保町店

かづまコーヒーてん　じんぼうちょうてん

东京都千代田区神田神保町1-8，山田大楼B1F

Tel 03-3292-2961

周一、周二11：00～22：00，周三至周五11：00～23：00

周六12：00～21：00，周日及节假日休息

地铁神保町站A5出口，步行1分钟

map…p185-34-f

店主石川夫妇的愿望实现了，在这个小巧整洁的地下空间，有如小颗珍珠一般纯净而有质感的壹真咖啡店诞生了。

穿着白衬衫和马甲的店员彬彬有礼，让客人们感到舒适的同时又不会妨碍到他们读书。另外，店内还备有单间。

每一杯混合咖啡都采用滤纸冲泡，新鲜的咖啡豆来自老店“荻原咖啡”。尝一口，清爽的苦味在口中慢慢散开，此时点上一份人气甜点——焦糖洋梨慕斯作为搭配再好不过了。

店内收藏了许多欧洲名瓷咖啡杯，比如意大利的“Richard Ginori”。这让开店之初就定位为“神保町最贵喫茶店”的壹真更具说服力。

64

咖啡舍 藏

神保町

徘徊在神保町的古书街，随意转入一条冷清的后巷，一个蓝色的遮阳篷蓦然映入眼帘。带着对咖啡香的期待爬上楼梯，就看见店主铃木裕之先生正站在吧台，为客人冲泡咖啡。

“藏”诞生于1994年，静谧的空间端庄典雅。店内的咖啡用单孔滤杯萃取，味道清爽，给人意犹未尽之感。

无论是坐在吧台边，还是鲜花馥郁的大餐桌旁，都可以翻开刚买的书，兴致勃勃地一页页浏览。这种快意的氛围得益于铃木先生对于阅读的热爱。店内低沉的爵士乐同样让人安然自在。

装饰墙面的油画是西洋画家舟木诚一郎的作品——《沉默》。虽是偶然，但画作的标题与读书这件事很是契合。吧台对面的墙上还有一幅画，同样出自舟木诚一郎之手，描绘的正是店内的场景。这两幅画有如两面相对的镜子，形成了一个无限延伸的迷宫，静静地挂在墙壁上。只有在具有强大文学磁场的神保町，才会有如此独树一帜的喫茶店。

铃木先生说，神保町是一个多彩文化的聚集地，喫茶店文化、古书店文化、复古建筑文化、咖喱文化……丰富多元，神保町的魅力就在于此。

“预先为自己的神保町漫步设定一个主题，走在这条街上，会发现它无穷的魅力。”

是的，神保町不是迪士尼乐园，它要靠我们自己一点点去发现。

menu

混合咖啡	700日元
各种单品咖啡	800日元
小杯黑咖啡	700日元
热可可	850日元
自制乳酪蛋糕	300日元
自制戚风蛋糕	300日元
咖啡续杯	300日元

咖啡舍 藏

コーヒーしゃ くら

东京都千代田区神田神保町1-26，矢崎大楼2F

Tel 03-3291-3323

平日11：00～20：00，周六12：00～17：00，周日及节假日休息

地铁神保町站A5出口，步行4分钟

map…p185-34-c

65

咖啡专门店ACE

神田

menu

各种混合咖啡	400 日元起
美酒咖啡	490 日元
墨西哥黄油咖啡	490 日元
索菲娅奶茶	550 日元
咖啡果冻	510 日元
各种吐司	120 日元起

步入 1971 年开业的老店“ACE”，仿佛走进了一个火柴盒，店内精巧别致的结构令复古喫茶店爱好者着迷不已。白色加橘色条纹的遮阳篷清新可爱，吧台前的人造革座椅造型独特……真想为这家小店做一个立体实景模型。

清水兄弟二人和父亲共同经营着这家店，这个“男性三人组”的理念是“即使很小，也要做一家有个性的店”，于是他们在数十种单品咖啡的基础上，又加入了少见的花式咖啡和各种红茶。比如，“巴西咖啡”是在咖啡中调入牛奶和巧克力，并融入了一丝不易察觉的盐味；“罗马尼亚奶茶”是在煮好的奶茶中加入了少量被称作“威廉梨酒”的洋梨白兰地，香气四溢。这些美味在别处可尝不到。

咖啡专门店 ACE　コーヒーせんもんてん エース
东京都千代田区内神田 3-10-6
Tel 03-3256-3941
平日 7：00 ～ 19：00，周六 7：00 ～ 14：00，周日及节假日休息
JR 神田站西口，步行 3 分钟
map…p181-22-b

“元祖海苔吐司”是 ACE 独创的一道人气简餐，面包配上烤海苔和黄油酱油，香气扑鼻。开业几十年来，这家小店一直脚踏实地，一丝不苟，深受周边居民的喜爱。

ACE 最吸引人的是贴满外墙和店内的手绘海报。

“这些都是我在休息日做的。是为了让客人随意看看，一个人待着也不至于腻烦。”哥哥清水英胜先生笑着说。画有骆驼的圆形招牌暗指 ACE 的一道咖啡杰作——混合了加勒比海沿岸各国的咖啡豆调制的“金骆驼”咖啡，画上的那头骆驼表情实在可爱。

弟弟清水彻夫先生经常骑着自行车去送咖啡外卖，身影潇洒又帅气。

66

茶房 神田伯刺西尔

神保町

“伯刺西尔”是日文中“巴西”一词的假借字，这家喫茶店位于著名的小宫山书店地下。店里有个地炉，炉子上方的可伸缩吊钩上挂着一只铁壶。自 1972 年开店以来，这里的民艺风格从未改变，有着类似荞麦面店的和风气质。店内宽敞的空间被充分利用，禁烟区与吸烟区完全隔开，在神保町一带实属难得。

“经常来神保町的人会为自己制订一条探访古书店和喫茶店的巡礼路线吧。”

店长竹内先生热爱旧书和咖啡。他说，有一位客人 20 多年来每天都要来店里两次，只点一杯自家烘焙的乞力马扎罗咖啡，独自静静品尝。

menu

各种混合咖啡	500 日元
各种单品咖啡	530 日元起
各种红茶	550 日元
咖啡果冻	500 日元
蛋糕套餐	800 日元起

茶房 神田伯刺西尔　さぼう かんだぶらじる
东京都千代田区神田神保町 1-7，小宫山书店大楼 B1F
Tel 03-3291-2013
周一至周六 11：00 ~ 21：00
周日及节假日 11：00 ~ 19：00，无休息日
地铁神保町站 A7 出口，步行 3 分钟
map…p185-34-i

67

万惣水果茶室

总店

神田

menu

咖啡	525 日元
原创混合果汁	895 日元
松饼	700 日元
万惣水果芭菲	1260 日元
水果三明治	1260 日元
水果欧姆蕾	1350 日元

万惣水果茶室 总店
东京都千代田区神田须田町 1-16 万惣，中 2F
Tel 03-3254-3714
11：00～20：00
JR 神田站东口，步行 5 分钟
map…p181-22-a

“万惣水果茶室”诞生于 1927 年，历史小说家池波正太郎最爱的松饼是店里的人气单品。这里的松饼和其他喫茶店主打的软糯松饼不同，味道朴素而怀旧。搭配松饼的糖浆是店家与日式点心职人合作研制的，同样充满了怀旧感。

除了松饼，店里还有不少人气美味，比如水果欧姆蕾。把松软的舒芙蕾用薄薄的可丽饼包起来烘烤，再加上英式蛋奶酱和水果，满满的一盘乍一看让人不禁瞠目，尝上一口，轻盈的舒芙蕾便会如泡沫般在口中化开，转瞬之间已一扫而光。

※ 本店已闭店

68

Cafe Tichani

神保町

对于不喜欢热闹的朋友，在此特别推荐一个不为人知的好去处，那就是 1991 年开业的“Cafe Tichani”。店内的空间布局不同于昭和时代的喫茶店，展示了神保町喫茶店多样的风格。

店里静谧的氛围既适合谈工作，也很适合阅读晦涩的书籍，连鱼缸里游弋的热带鱼似乎也沉浸在冥想中。

店主中先生就在神保町出生、长大，他亲自设计了这个以绿色为主色调的咖啡空间，尽显品质感的家具是通过欧洲家具商特别定制的。

最后还有一个小秘密，想知道店名的含义吗？意思就是蒂芙尼 + 香奈儿 + 阿玛尼，你能猜到吗？

menu

混合咖啡	650 日元
各种单品咖啡	700 日元起
香草茶	750 日元
华夫饼	250 日元
蛋糕套餐	1000 日元
黄油吐司	150 日元

Cafe Tichani　カフェ ティシャーニ
东京都千代田区神田神保町 2-3
Tel 03-3261-7200
平日 10：00 ~ 19：00
周六、周日及节假日休息
地铁神保町站 A5 出口，步行 3 分钟
map…p185-34-g

第 6 章

爵士喫茶店・名曲喫茶店

69

DUG

新宿

menu

混合咖啡	630 日元
卡布其诺	450 日元
各种啤酒、葡萄酒	740 日元起
多层三明治	420 日元
贝果面包三明治	630 日元
巧克力布朗尼	270 日元

DUG　ダグ

东京都新宿区新宿 3-15-12，B1F
Tel 03-3354-7776
周一至周六 12：00～26：00
周日及节假日 12：00～23：30
无休息日
JR 新宿站东口，步行 5 分钟
map…p183-31-c

20 世纪 60 年代，全世界都弥漫着躁动不安的气氛，在日本兴起的爵士喫茶店就是一面反映时代风潮的镜子，醉心于“爵士生活”的年轻人、学生运动参与者，还有单纯追逐流行的人们常常聚集于此。

传说中的名店“DIG”诞生于 1961 年，店主中平穗积先生是一位时代的先行者，DIG 以及他后来创立的、以酒精饮料为主打的爵士喫茶店“DUG”都是当时新宿文化的中心，与辉煌一时的名店“风月堂”齐名。村上春树的作品中也留下了这些传奇喫茶店的印记。

当时，对于崇尚顶级音响、追逐最新海外音乐资讯的人们来说，爵士喫茶店就是身边的信息中心。DIG 不仅收藏有丰富的唱片，中平店长还经常邀请乐评人在此举办讲座，因此这家店也是一个汇集了各界艺术家的文化沙龙。

DIG 已于 1983 年停业，而 DUG 迁到新址后仍在经营。来到 DUG，会看到中平穗积先生的儿子中平垒先生在吧台忙碌。墙上挂着几幅爵士音乐家的肖像摄影作品，全都出自中平穗积先生之手。在音量恰到好处的爵士乐的陪伴下，客人可以自在地谈天，也可以一边喝啤酒，一边翻看自己喜欢的书。如今，爵士乐已经从当年的先锋音乐变为日常的背景音乐，这一变化的过程同样记录在 DUG 的每一处细节中。

YEBISU

70

EAGLE

四谷

“EAGLE”于 1967 年开业，正好是爵士乐大师约翰・克特兰去世的那一年。50 多年来，EAGLE 坚持“认真聆听音乐”的理念，是当今为数不多的正统派爵士喫茶店之一。进入 21 世纪后，EAGLE 强化了店铺的餐饮功能，但依然规定在傍晚 6 点前禁止私语，这是为了让客人能好好地欣赏音乐。难得的是，非爵士迷对于这个规定同样感到愉快，让人有些意外。把书和咖啡放在桌上，听听音乐，读读文章，不知不觉就陷入了一种冥想状态，回过神来的时候，你会发现自己已经沉浸在爵士乐的世界中了。

店主后藤雅洋先生出版了两本著作——《爵士喫茶店的大叔为何如此自大？》和《爵士乐耳朵训练法》，更多人因此知道了他的名字。对于后藤先生而言，开爵士喫茶店基本上是一个顺其自然的选择。除了喜欢爵士乐，在少年时代，他还热衷于制作桥梁模型，曾经的理想是成为桥梁设计师。

“桥有明确的目的，它就是为了连接两地而存在的，所以桥的结构没有任何多余，当自身的合理性变成现实存在之后，这种目的性清晰可见。”

爵士喫茶店就是连接音乐与爱好者之间的桥梁。后藤先生的著作以及 EAGLE 的理念都印证了一点——他是一个“爵士喫茶店大叔”，也是一位架桥人。每周六下午，店里会邀请音乐界人士为客人们举办“EAGLE 系列讲座”，这同样是后藤先生执着信念的表现。

爵士乐是什么？日本独有的爵士喫茶店未来会如何发展？关于这些问题，后藤先生的见解独到深刻，让人信服。真想就这样一直坐在 EAGLE 听爵士乐，直到耳朵起茧。

menu

咖啡	650 日元
欧蕾咖啡	720 日元
各种啤酒、葡萄酒	750 日元起
蛋糕套餐	780 日元
乳蛋饼套餐	800 日元
各种意面	750 日元起

EAGLE　いーぐる

东京都新宿区四谷 1-8-6

Tel 03-3357-9857

平日 11：30 ~ 23：50，周六 14：00 ~ 23：50

周日及节假日休息

JR 四谷站四谷口，步行 3 分钟

map…p179-06

71

COFFEE JAZZ GENIUS

中野新桥

menu

混合咖啡	473 日元
欧蕾咖啡	525 日元
啤酒	525 日元、630 日元
乳酪蛋糕	420 日元
英式 BLT 三明治套餐	1050 日元
乌冬面套餐	998 日元

一个午后，我来到位于安静的住宅区一角的“GENIUS”，推开红色的大门，正好看到两位附近的住户在谈笑风生。店内的入墙式音响播放着萨克斯爵士乐，音色柔美，并不会影响人们交谈。入夜后，调大音响的音量，店里就会转瞬间呈现出爵士喫茶店的本色。

GENIUS 在 1970 年诞生于涩谷，整体风格属于当时少见的“硬朗派”，它与另外几家店一起开创了涉谷道玄坂爵士喫茶店的黄金时代。后来，由于泡沫经济时代地价飞涨，GENIUS 于 1989 年迁到了中野。

店主铃木彰一先生从学生时代起便在名店 DIG 负责播放唱

COFFEE JAZZ GENIUS
コーヒー ジャズ ジニアス
东京都中野区本町 3-2-10
Tel 03-3372-3471
12：00～23：00，周四休息
地铁中野新桥站，步行 3 分钟
map…p179-05

片，一干就是 8 年。当年作为店员，铃木先生就已小有名气。他拥有一双能感知爵士乐灵魂的耳朵，选曲富于起伏感，品位超前。GENIUS 和 DIG 可谓一脉相承，GENIUS 的店名也是由 DIG 的店长中平先生起的。

“从前的爵士喫茶店是忍受高分贝音乐的修炼场（笑）。现在不同了，我要从现有的 8000 多张唱片中尽力选出与客人相契合的一张，还要思考怎样才能让客人乘上音乐的翅膀，每天都乐此不疲。”铃木先生和蔼地说。听说，经常来 GENIUS 的熟客会像观看围棋时预测对方下一步如何落子一样，猜测店内接下来会放哪一张唱片，看谁猜得准。

铃木先生说，就算是去过十几次爵士喫茶店，也不一定能理解其中的深意。“请多去几家店感受一下，当然也要经常到 GENIUS 来啊（笑）。”

72

Mary Jane

涩谷

人们对“爵士喫茶店”这个词有一种刻板的印象，“Mary Jane”自 1972 年开业以来就一直试图摆脱这个框架。

许多爵士喫茶店将店址选在昏暗的地下，而 Mary Jane 人第一代店主福岛哲雄先生却把店开在了自然光充足的二楼。开业之初，有很多客人都是为了享用过去在日本很少见的意式浓缩咖啡和品类丰富的料理而来的。2005 年，松尾史朗先生开始接手 Mary Jane，沿袭了店铺一直以来的风格。

店员河合女士负责店内的料理制作工作，每日精选应季食材，味道可与以美味料理著称的喫茶店一较高下。松尾先

生说："无论是料理还是选曲，我们都在认认真真地做，不过自夸实在不符合我们的性格（笑）。"

入口的楼梯处飘浮着些许尘埃，让人稍稍有些踌躇，踏入大门后，眼前便会呈现出一个轻松自在的空间。松尾先生与 Mary Jane 的缘分也始于此，有一天他被吸引着爬上楼梯，自此便成为这里的常客，后来又成了店长。

"爵士乐曾带给人强烈的震撼，将那个时代的快乐作为一种能量之源，坚持开店几十年，实话实说，的确是有极限的。"尽管松尾先生的分析很冷静，但他永远不会放弃对音乐的热爱。或许，一位优秀的爵士喫茶店店主就活在这样的冷静与热情之间。

menu

意式浓缩咖啡、红茶	600 日元起
葡萄酒、啤酒	500 日元起
各种威士忌、日本酒	700 日元起
自制肉冻	800 日元
应季推荐料理	600 日元起
各种意面	1000 日元
各种甜点	600 日元

Mary Jane　メアリー ジェーン
东京都涩谷区樱丘 2-3，富士商事大楼 2F
Tel 03-3461-3381
周二至周四 12：00～23：00
周五 12：00～24：00，周一休息
JR 涩谷站西口，步行 3 分钟
map…p184-33-j　全席禁烟

73

John Henry's Study

吉祥寺

menu

各种咖啡、红茶	550 日元起
红豆奶	600 日元
各种啤酒、葡萄酒、鸡尾酒	700 日元起
各种意大利面	920 日元起
海鲜咖喱	920 日元
各种蛋糕套餐	740 日元

John Henry's Study
ジョン ヘンリーズ スタディ
东京都武蔵野市吉祥寺本町 1-8-14，山水大楼 3F
Tel 0422-21-3854
11：30～24：30，无休息日
JR 吉祥寺站北口，步行 5 分钟
map…p182-30-c

因车站大楼翻新和百货商场停业，吉祥寺一直变换着样貌。从 40 多年前吉祥寺车站大楼建起、百货商场进驻、大规模开发时算起，时代似乎已历经了一次轮回。

19 世纪 70 年代，吉祥寺力图发展成为与新宿比肩的爵士乐圣地，这场时代浪潮中的男主角就是已故的野口伊织先生。当年他率先开创了“Funky”，由此点燃了吉祥寺爵士喫茶店的热潮，之后又陆续开了 30 多家餐饮店，被称为“吉祥寺之父”。另一位吉祥寺的功勋人物是著名爵士乐评人、开创了“Meg”的寺岛靖国先生。这二人在吉祥寺展开竞争，让狭窄的“PETIT ROAD”变成了一条爵士乐小巷。在这条路上，“MORE”“SCRATCH”“BONNIE & CLYDE”“John Henry's Study”这相邻的 4 家爵士喫茶店和酒吧都是寺岛先生开的。

John Henry's Study 以虚构的绅士 John Henry 的书斋作为整体设计灵感，厚重的书架上陈列着古典风格装帧的书籍，格调优雅。爵士乐作为背景音乐不间断地播放着，白天有很多女性来此用午餐，热闹非常。从傍晚 5：30 起是店内的酒吧时间，有 200 多种鸡尾酒可供选择，其中还有以爵士标准曲①命名的原创鸡尾酒。

从“渴求爵士”到“享受爵士”，无论是 John Henry's Study，还是曾被视为爵士喫茶店始祖的 Meg，如今都已变成可以自在谈天的新型爵士喫茶店了。

---

①爵士标准曲（Jazz Standard）指一些经典爵士名曲，大多旋律流畅，和弦符合常规爵士乐规则，结构工整。

74

名曲喫茶 LION

涩谷

“名曲喫茶 LION”是一家应当作为咖啡文化遗产保留的喫茶店，可以说是奇迹般的存在。无论是地下一层、地上三层的复古建筑，还是静静聆听古典音乐这种名曲喫茶店的特有形式，都深深吸引着来访者。

除了“安静”之外，这家店对客人没有其他任何要求。请您一定要来体验一下这里如若失去便无法再现的蓝色静谧时间。

“因为蓝色的光是冥想式的，可以让听者的想象‘膨胀’，所以第一代店主选了这个颜色。”第三代店主石原圭子女士说。

LION 开创于 1926 年，1945 年被战火烧毁，战争结束后从一张张重新购买唱片开始，经历了艰难的重建。“那时我们会从露天市场购买驻日美军留下的唱片。”

没有实现画家理想的第一代店主山寺弥之助先生亲自设计了店内装饰和巨大的组合音响。穿梭在店内，那立于楼梯井的大型音响和耀眼的枝形吊灯气势十足，让人不禁屏住呼吸仰视。二楼的整体风格令人联想到欧洲古堡，在设计上匠心独具。

LION 的选曲风格颇为自由，听说有的熟客会专门从关西带唱片来店里播放。虽然店家为了一年比一年更难以维修的建筑和椅子伤透了脑筋，但 LION 那标志性的蓝色灯光依然每天都会点亮。

menu

咖啡	500 日元
可可	570 日元
奶茶	520 日元
柠檬水	670 日元
雪顶抹茶	720 日元
冰淇淋	570 日元

名曲喫茶 LION
めいきょくきっさ ライオン
东京都涩谷区道玄坂 2-19-13
Tel 03-3461-6858
11：00 ~ 22：30，无休息日
JR 涩谷站忠犬八公口，步行 7 分钟
map…p184-33-h

75

Renaissance

高圆寺

中野曾经有一家名为“Classical”的名曲喫茶店，关于这家名店的逸事流传至今。2005年，Classical停业，与此同时它所在的那座古色古香的建筑也被拆除。两年后，一间继承了Classical的精神和珍贵物件的新店“Renaissance”在高圆寺诞生了。

店铺位于地下一层，走下楼梯，便会被古董家具特有的湿润空气包裹起来。没错，这正是Classical的气味！我在学生时代常去那里写论文。Classical高低错落的座椅也在这里重现，即便座位相邻，客人们的视线也不会直接接触。

menu

咖啡　400 日元
红茶　400 日元
果汁　400 日元
※ 可自带食物

Renaissance
ルネッサンス
东京都杉并区高圆寺南 2-48-11，
堀万大楼 B1F
Tel 03-3315-3310
周三至周五 12：00～19：30
周六、周日及节假日 12：00～21：30
周一、周二休息（节假日营业）
JR 高圆寺站南口，步行 5 分钟
map…p182-28-b

店主是曾经在 Classical 担任店员的桧山真纪子和另一位女士。

“第二代店主美作良子去世后，Classical 就停业了，家具也全被丢弃。”

当时被当作垃圾处理的许多物品都是“中野三奇人”之一的已故创始人美作七朗的作品。包括用洗脸盆焊接而成的留声机，还有罩着竹篮、充满玄妙气息的台灯之类的新奇之物。现任店长桧山女士接手了这些宝贝，在找到新店面之前，一直小心地保管在自己家中。

经由喜爱它的人之手复活，这是一家多么幸福的喫茶店！店内播放着古典音乐唱片，有一种深邃的平静。如果来到 Renaissance，请一定多坐一会儿，若想点上一曲，就在黑板上写下曲名吧。

76

平均律

学艺大学

“平均律”是一家经过11年休业后重新“复活”的名曲喫茶店。经过如此长的休业期，重新开业需要耗费相当大的精力。不过，店主有贺雄平先生说：“我已经和客人约好要重新开业了。”他和夫人每天轮流在吧台工作，将来自“荻原咖啡”的咖啡豆磨好，滴滤在有田烧或皇家哥本哈根的瓷杯中。

暮色降临之时，小巧整洁的店内很快就坐满了人，或谈笑风生，或沉醉于书本。质感温暖的房梁和大门都来自古老的民宅。巴洛克的旋律回旋在整个空间中，此时静静聆听音乐的或许只有墙上那只德国荣汉斯（JUNGHANS）古挂钟。

平均律于1980年诞生在原宿，开业后深受艺术家们的喜爱，被视为远离世俗的隐秘之地。1990年，平均律决定停业，主客约定后会有期。直至2001年，这家老店才在学艺大学旁重新开业。新店再现了昔日原宿时代的风貌，受到新老顾客喜爱。

爵士喫茶店和名曲喫茶店的店主大多是音响发烧友、乐器演奏达人，或是音乐鉴赏爱好者，而平均律的店主有贺先生最重视的是巴洛克音乐对心灵的治愈作用，这也是他开店的初衷。

“不喜欢是做不了这行的。”有贺先生的话语意味深长。

menu

各种混合咖啡	600日元
各种单品咖啡	600日元起
各种红茶（壶装）	600日元起
各种中国茶（附茶点）	700日元
咬先生三明治	500日元
烤乳酪蛋糕	400日元

平均律　へいきんりつ

东京都目黑区鹰番3-7-5, 2F

Tel 03-3716-6537

周三至周五 13：00～20：00

周六、周日 13：00～19：00

周一、周二休息（节假日营业）

东急东横线学艺大学站西口，步行1分钟

map…p180-13

77

PIANO FORTE

猿乐町

menu

咖啡	500 日元
维也纳咖啡	600 日元
爱尔兰咖啡	700 日元
咖啡果冻	500 日元
乳酪蛋糕	250 日元

PIANO FORTE　ピアノフォルテ

东京都千代田区猿乐町 1-5-20，田端大楼 1F

Tel 03-6273-7987

平日 11：00～21：00，周六及节假日 12：00～20：00，周日休息

地铁神保町站 A5 出口，步行 6 分钟 /JR 御茶水站御茶水桥口，步行 6 分钟

map…p185-34-a

2011 年 2 月，在猿乐町的山之上酒店后面斜坡下的一隅，诞生了一家非常适合享受音乐、聊天、读书的名曲喫茶店——“PIANO FORTE”。这家店原本位于新宿，迁址时将家具和音响等全部搬到了新店。

店主中村哲也先生经营名曲喫茶店已超过 25 年。店内的麦景图音响是为了听 20 世纪 60 年代的 DECCA 厂牌的唱片请专人组装的，用它来播放贝多芬的交响曲更显气势磅礴。

从音响中传出的弦乐音色华丽，选用“荻原咖啡”的豆子和上等鲜奶油制作的维也纳咖啡口味惊艳。这家现代名曲喫茶店总保持着一副纯朴又不露声色的模样。

||||| 喫茶店入门（三）深度烘焙篇

喫茶店和咖啡馆有何不同？

K：现在，你大概明白自己与什么样的喫茶店更契合了吧？

S：是的，我喜欢既不喧闹，又不会过于安静的喫茶店。

K：这个视角很有意思，着眼于喫茶店的音量。

S：如果太安静，待着也不舒服。不过，我还有一个问题，喫茶店和咖啡馆（即cafe）究竟有什么不同呢？

K：我个人觉得没有什么不同。

S：啊？我查了一下网络上的说法，一般认为提供酒精饮料的就是咖啡馆，没有酒的就是喫茶店。

K：这种说法应该是以《食品卫生法》为根据吧。不过，东京的咖啡馆从20世纪90年代后半期才开始兴起，而《食品卫生法》早在几十年前就出台了。

S：那时还没有现在这种咖啡馆吧？

K：几乎没有。以是否提供酒精饮料来定义，可以简单地把二者区分开，所以这种说法才如此常见吧。实际上有酒的喫茶店和没有酒的咖啡馆都很多。

S：也许，店主命名为咖啡馆的就是咖啡馆，命名为喫茶店的就是喫茶店喽……

K：正解。我觉得它们本质上是一样的。但有趣的是，大家说起它们时都会很自然地区分开。比如神保町的Milonga，你觉得它是喫茶店还是咖啡馆？

S：喫茶店。

K：你很喜欢的中目黑的LOUNGE呢？

S：咖啡馆！

K：那么，这两家店又有什么不同呢？Milonga汇集了世界各国的啤酒，餐单上

有比萨和蛋糕，还能听探戈音乐。

S：这个……

思考的游戏

K：关于喫茶店和咖啡馆的异同众说纷纭，享受思考的乐趣也是“咖啡心”之所在，不如我们来自由定义吧。

S：好。喫茶店是琥珀色的，咖啡馆是白色的（笑）。

K：对，就是这种感觉。喫茶店的主人是店主（master），咖啡馆的是老板（owner）。

S：喫茶店的午餐是用番茄酱做的拿波里意面（Naporitan），咖啡馆的是意面（pasta）。

K：你的直觉太准了！咖啡馆有卡布其诺，喫茶店有维也纳咖啡。那么，似乎可以大胆地定义，20 世纪 90 年代之后诞生的是咖啡馆，之前的就是喫茶店。不过，坚称“我们不是咖啡馆”的 90 年代之后开业的店家除外。

S：感觉这个游戏能一直玩下去。

K：是啊。我听过这样一种说法——喫茶店源自英国，而咖啡馆源自法国，一直印象深刻。

S：这是什么意思呢？

K：听说在大英帝国全盛时期，伦敦的咖啡屋（coffee house）风靡一时，客人可以在咖啡屋自由地交流信息、谈论商务和政治，气氛热烈。店内的报纸还可以免费阅读。后来，由于英国的保守主义倾向，绅士阶层的会员制俱乐部文化开始

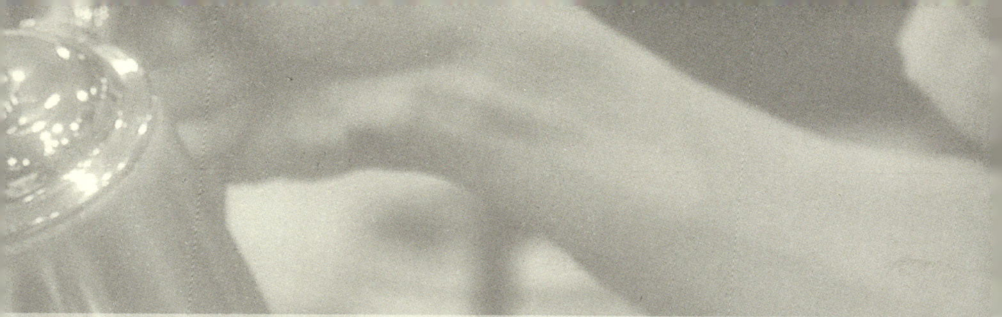

萌芽。

S：那么，是因为报纸可以随意阅读，英国的咖啡屋才是喫茶店的雏形吗？

K：当然不仅仅如此（笑）。在法国，咖啡馆的诞生也受到了英式咖啡屋的影响。不过，法国的咖啡馆最初是作为上流社会的沙龙流行起来的，后来才普及到普通市民。当时，许多艺术家和启蒙思想家常在咖啡馆聚会，大众咖啡馆里的自由讨论为法国市民阶层的革命提供了充分的思想准备。

S：原来如此，也就是说，喫茶店源于封闭的空间，而咖啡馆源于开放的空间，对吗？

K：确实可以这样理解。顺便说一下，这还是我坐在表参道一家喫茶店的吧台听店主说的。

所有的路都通往喫茶店

S：日本的第一家喫茶店是 1888 年诞生于上野的“可否茶馆”，那是一家志向远大的店。大约 20 年后，“Café Printemps”和“CAFE PAULISTA”在银座开业，它们被视为日本咖啡馆的元祖。

K：巧合的是，可否茶馆的店主是在西雅图去世的，而百年之后，星巴克从西雅图登陆日本，这仿佛是一种螺旋状的发展轨迹。你有没有感觉到，人们在咖啡空间中寄托的东西随着历史的变迁在绕着世界一圈圈旋转呢？

S：听你这么说，感觉“咖啡心”被稍稍刺激了一下（笑）。

K：虽然我们说了这么多，但其实你可以全都忘掉（笑）。

S：啊（笑）？

K：喫茶店，只要爱它就够了。

S：真是精彩的总结。最后一个问题，怎么才能找到一家好的喫茶店呢？

K：拿上一本书，在街上随意地走走吧，所有的路都通向喫茶店。

Map
喫茶店地图

01 夏之扉

02 大地茶房

03 邪宗门

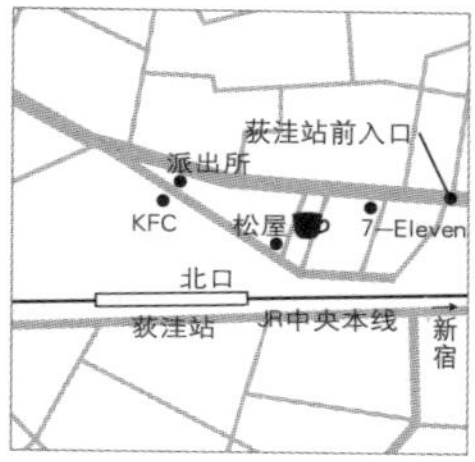

04 CAFÉ DEUX OISEAUX

05. COFFEE JAZZ
GENIUS

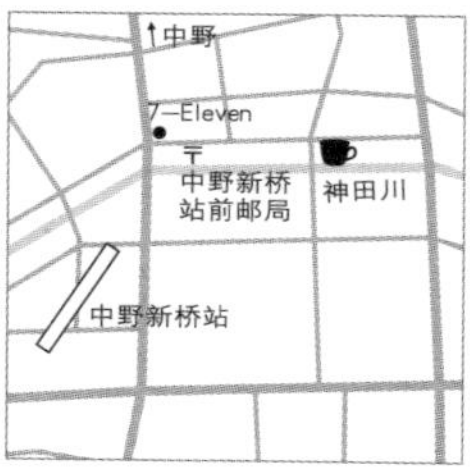

06. EAGLE

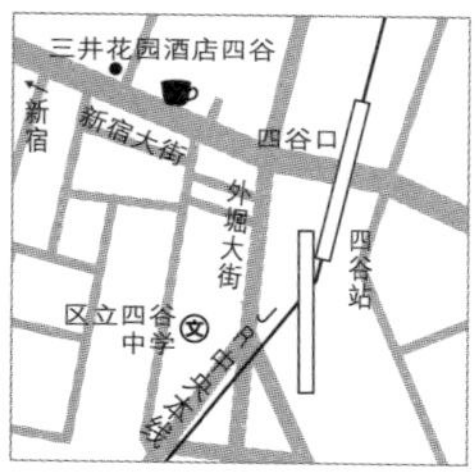

07 a.IHATOV
b.Café Trois Chambres

08 山猫咖啡店

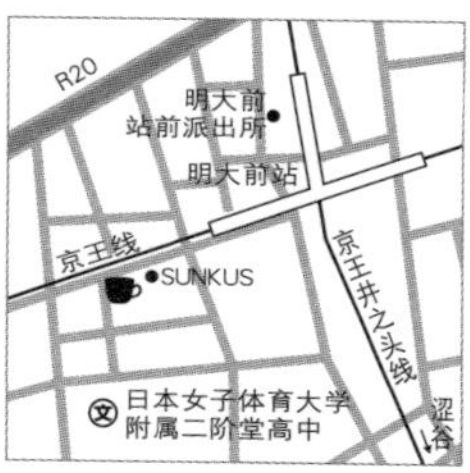

09 茶房 李白（闭店）

10 堀口咖啡
千岁船桥站前店（迁址）

11 茶乃子

12 咖啡亭 ROUEN

13 平均律

14 a. VERDE
b. 备屋咖啡店 惠比寿店

15 Café Deux

16 CAFÉ TOUJOURS
DÉBUTER

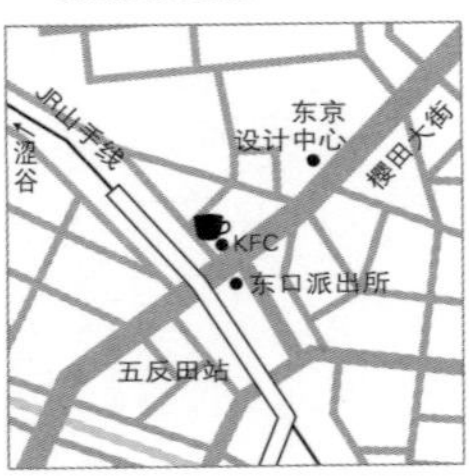

17 Café Belle Equipe

18 Kaffa Bunna

19 a. Windsor（闭店）
b. 咖啡处 Bonnard（迁址）

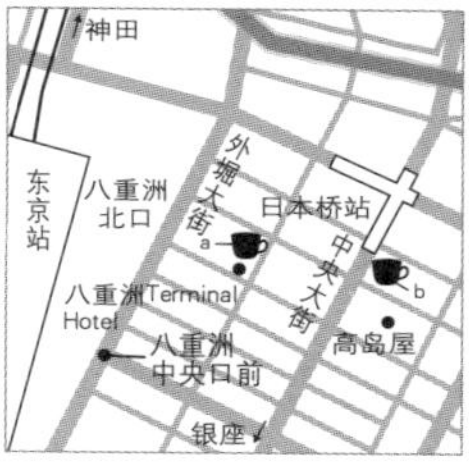

20 tombolo

21 喫茶 穗高

22 a. 万惣水果茶室 总店（闭店）
b. 咖啡专门店 ACE

23 café-terrace WACO（闭店）

24 咖啡道场 侍

25 WESTERN 北山咖啡店

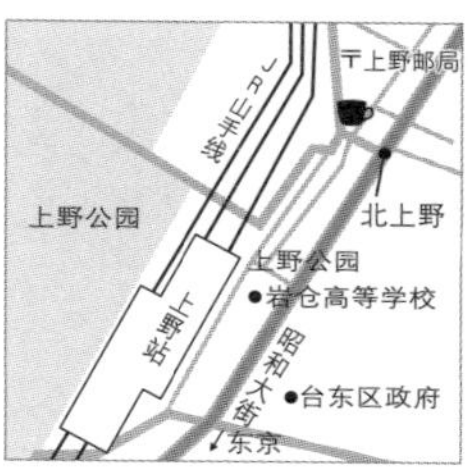

26 Cafe Bach

27 喫茶 藏

28 高圆寺

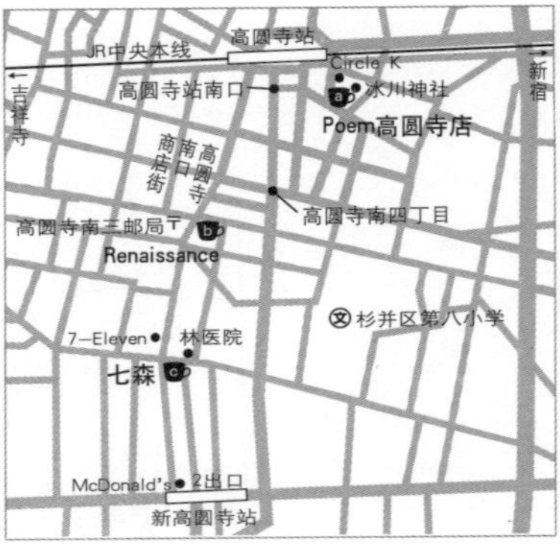

29 西荻洼

30 吉祥寺

31 新宿

歌舞伎町
新宿区政府前
但马屋咖啡店
总店
DUG
Studio-AITA
新宿
Piccadilly
优衣库
自家焙煎咖啡 凡
小田急百货店总店
BERG
LUMINE EST
新宿
三丁目站
中央西口
中央东口
新宿站
明治大街
甲州街道

32 银座

东京
京桥站
宝町站
有乐町站
丸之内警察所
Bic Camera
STONE
中央
西口
有乐町站
4出口
银座一丁目站
十一房咖啡店
内堀大街
日比谷站
日比谷公园
JR山手线
银座二丁目
C3出口
银座站
松屋
日比谷公会堂
银座东二丁目
三越
西式点心铺WEST
银座总店
Ken's 咖啡店
西新桥
一丁目
银座东三丁目
银座四丁目
A7
出口
Magazine House
中央大街
Flor de Café 树之花
新富町站
〒西新桥邮局
内幸町站
东银座站
A4出口
外堀大街
3出口
西新桥
草枕
银座七丁目
昭和大街
筑地站
CAFE DE L'AMBRE
三井花园酒店
日比谷大街
新桥站
A3出口
新桥站
晴海大街
筑地市场站

33 涩谷

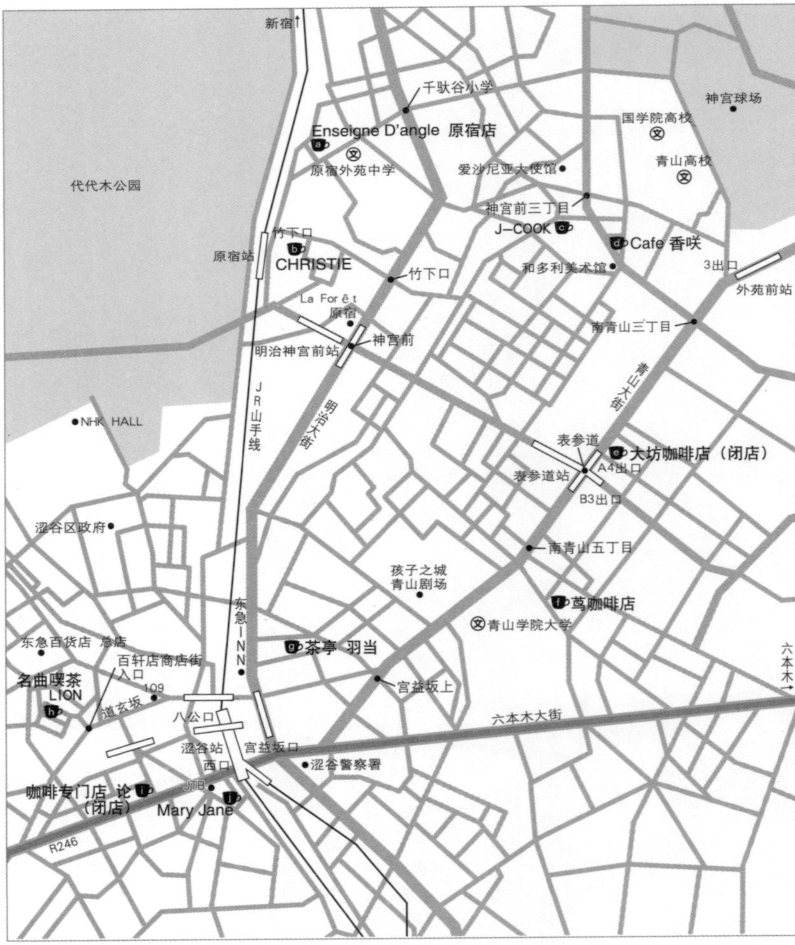
新宿
千驮谷小学
神宫球场
国学院高校
Enseigne D'angle 原宿店
原宿外苑中学
爱沙尼亚大使馆
青山高校
代代木公园
神宫前三丁目
J–COOK
Cafe 香咲
竹下口
原宿站
CHRISTIE
和多利美术馆
3出口
竹下口
外苑前站
La Forêt
原宿
南青山三丁目
神宫前
明治神宫前站
JR山手线
明治大街
青山大街
NHK HALL
表参道
大坊咖啡店（闭店）
表参道站
A4出口
B3出口
涩谷区政府
南青山五丁目
孩子之城
青山剧场
茑咖啡店
东急INN
青山学院大学
东急百货店 总店
茶亭 羽当
百轩店商店街入口
六本木
名曲喫茶
LION
109
宫益坂上
道玄坂
八公口
六本木大街
涩谷站
宫益坂口
西口
涩谷警察署
咖啡专门店 论（闭店）
JTB
Mary Jane
R246

34 神保町

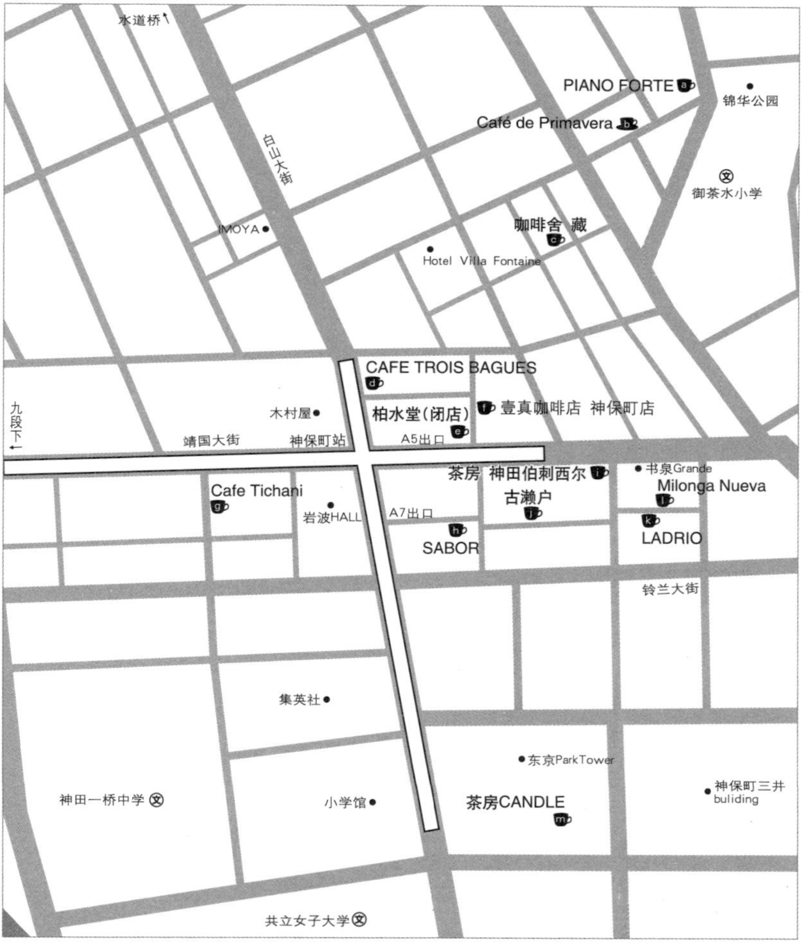

水道桥
PIANO FORTE a
锦华公园
Café de Primavera b
白山大街
御茶水小学
咖啡舍 藏 c
IMOYA
Hotel Villa Fontaine
CAFE TROIS BAGUES d
九段下
木村屋
柏水堂(闭店) e
f 壹真咖啡店 神保町店
靖国大街
神保町站
A5出口
茶房 神田伯剌西尔 i
书泉Grande
Milonga Nueva l
古瀬户 j
Cafe Tichani g
岩波HALL
A7出口
h SABOR
k LADRIO
铃兰大街
集英社
东京ParkTower
神保町三井 buliding
神田一桥中学
小学馆
茶房CANDLE m
共立女子大学

图书在版编目（CIP）数据

东京喫茶店 /（日）川口叶子著；李洁译．-- 海口：南海出版公司，2018.11

ISBN 978-7-5442-9392-1

Ⅰ．①东… Ⅱ．①川… ②李… Ⅲ．①散文集-日本-现代 Ⅳ．①I313.65

中国版本图书馆 CIP 数据核字（2018）第 194215 号

著作权合同登记号　图字：30-2017-148

东京喫茶店

〔日〕川口叶子 著

李洁 译

出　版　南海出版公司　(0898)66568511
　　　　海口市海秀中路51号星华大厦五楼　邮编 570206
发　行　新经典发行有限公司
　　　　电话(010)68423599　邮箱 editor@readinglife.com
经　销　新华书店

责任编辑　秦　薇
特邀编辑　阿　敏
装帧设计　朱　琳
内文制作　博远文化

印　刷　山东鸿君杰文化发展有限公司
开　本　850毫米×1168毫米　1/32
印　张　6
字　数　105千
版　次　2018年11月第1版
印　次　2018年11月第1次印刷
书　号　ISBN 978-7-5442-9392-1
定　价　49.00元